ANIMALESCOS

ANIMALESCOS

GONÇALO M. TAVARES

4ª IMPRESSÃO

PORTO ALEGRE • SÃO PAULO • 2022

COLEÇÃO GIRA

A língua portuguesa não é uma pátria, é um universo que guarda as mais variadas expressões. E foi para reunir esses modos de usar e criar através do português que surgiu a Coleção Gira, dedicada às escritas contemporâneas em nosso idioma em terras não brasileiras.

CURADORIA DE REGINALDO PUJOL FILHO

DE GONÇALO M. TAVARES

Short movies

Animalescos

O torcicologologista, Excelência

A Mulher-Sem-Cabeça e o Homem-do-Mau-Olhado

Cinco meninos, cinco ratos

Atlas do corpo e da imaginação

Edição apoiada pela Direção-Geral do Livro, dos Arquivos e das Bibliotecas / Portugal

GOVERNO DE PORTUGAL — SECRETÁRIO DE ESTADO DA CULTURA

11	VENTO BORA, QUEDA ELEGANTE, COZINHA, JANTAR, ÓDIO
15	VENTO BORA, BANQUETE, O PAI, A MÃE, O FILHO
19	APRENDER EM CIMA DA ÁRVORE, ESQUIZOFRENIA, O NÓMADA, O MARTELO DO MÉDICO
23	MÉDICO SEM BRAÇOS, OPERAÇÃO, CONTAR PELOS DEDOS
25	A LOUCA, AS MOEDAS, O MAU-MAU
28	CRISTO, UMA CASA
30	MARTELO, CABEÇA, MOTOR, CAVALO
34	MADEIRA, NEUROSE, DEPRESSÕES
36	FENDA NA ESTRADA, O PENSAMENTO, PRIMATAS
38	RAIVA, MANADA, O HELICÓPTERO, CARNE-CRISTO, OS APÓSTOLOS, ÚLTIMA CEIA
43	PAI, ANIMAL, BOM-DIA, O PIOR DOS FILHOS, O MELHOR DOS PORCOS
46	ESPINGARDA, BALA, O PAI, PLANTAS, ANIMAIS, OBRIGAR A NATUREZA A ACELERAR
49	A MÁQUINA, MORTOS E LIXO, VACAS, ENSINAR OS NOVOS
52	O DONO DO CÃO, A ELETRICIDADE, O 2º CRISTO, MORRER DE FOME
55	CIDADE, CONTÁGIO, O FERREIRO, O MORTO
58	UM MACACO, UM FUNCIONÁRIO, O ZOOLÓGICO
59	XCARET, MALDADE, DIABO
61	FLORESTA, LOUCO, PIANO, ATRASADOS MENTAIS, MALUCOS, ESQUIZOFRÉNICOS, MANÍACOS, PSICOPATAS, MEDICADOS

66	FLORESTA NEGRA, ANIMAL ALTO, JESUS DOS ANIMAIS, CORREDOR DE MIL METROS
70	UM BURRO, O CRISTO DOS ANIMAIS, MÁQUINAS, O PESO NUM PÉ
73	AVESTRUZ, O PAI, A MÃE, OS TRÊS MENINOS, HOSPÍCIO DOS ANIMAIS, O MALUCO, CABEÇA CONTRA O SOLO, TOUPEIRA, CANGURUS, MALUCOS, OLHOS VIRADOS PARA TRÁS, MESMO OS ANÕES
79	CÃO, ANIMAIS, URUBUS, BICHOS, O CRISTO, METAL, URUBUS
82	O CRISTO DOS ANIMAIS, AS DUAS DIREÇÕES
84	MORTOS, PRAÇA CENTRAL, POMBOS, ANIMAIS NOJENTOS
86	VENTOS DO MAL, CASAL DE CÃES, CASAL DE CAVALOS, DE VACAS, DE GIRAFAS, DE IGUANAS, OS MALUCOS
92	LATRINAS, MARTELO, BIGORNA
93	HOSPITAL, MANADA DE LOBOS, ANIMAIS CHEIOS DE APETITE, VINTE URUBUS
97	CABEÇA ALEMÃ, CABEÇA INGLESA, CABEÇA AFRICANA, ESQUIZOFRENIA CURADA, O MESMO ANIMAL
100	MULHER, ÁRVORE, TERRA ESCURA
101	UM ESPECIALISTA MORAL, A CRUZ, PERDA DE MEMÓRIA, FUGIR, CRESCER
105	FINAL DE SÉCULO, OLHOS, PÉS
107	CIDADE, FLORESTA, CIDADE

109	**DEZ MIL PRAGAS**
110	**CARROÇA DE CABEÇA PARA BAIXO, O TAHAKE, ELEGÂNCIA E ENERGIA, O ESTADO, SIM E NÃO**
113	**EXCITAÇÃO ANIMALESCA**
115	**ANIMAL MALUCO, ESQUIZOFRENIA, ROER A PERNA DAS MESAS, PARECE DE RATO**
117	**PEDIR UMA QUEDA, RÉPTIL, DESAJEITADO, ÁMEN**
119	**METRO, PSICANALISTA, CAVALO, MARTELO, OLHOS TORTOS DO VELHO**
124	**MALUCO AUTODIDATA, O MUNDO É FEITO DE CRUZES DE CRISTO**

> **QUARTA PESSOA DO SINGULAR; É ELA QUE SE PODE TENTAR FAZER COM QUE FALE.**
>
> DELEUZE

**VENTO BORA
QUEDA ELEGANTE
COZINHA
JANTAR
ÓDIO**

um homem na rua a andar sem calças, tenta morder o próprio nariz, engole a palavra que acabou de dizer, depois vomita-a e aí não se percebe o que diz, engole de novo ar para poder falar; o discurso é preparado por esta deglutição imprevista, por este mastigar do ar, por esta forma de andar com a boca aberta, vem o vento Bora, o vento que faz as cabeças loucas, e o vento Bora entra na boca, roda dentro da boca, um redemoinho em terra seca; o homem não diz coisa com coisa, ninguém o entende, batem-lhe com o pau na cabeça, a cabeça abre, começa a sangrar, ele tem o vento Bora na cabeça, está louco mas manda parar o trânsito, interrompe a circulação, manda calar quem fala, manda parar quem corre, manda correr quem está parado, manda matar quem está vivo — estou no meio da minha cabeça e mesmo assim começo a gritar, mesmo no centro e estás perdido, fui atirado da janela e dentro da cabeça nem tudo é claro, utilizo a inteligência para resolver palavras cruzadas, peço que me cortem o cabelo, o crânio nu serve para as palavras cruzadas: espaços vazios que as letras devem completar com um sentido, eis o tabuleiro perfeito: a minha cabeça, a tua cabeça, dois crânios sem um único pêlo servem de tabuleiro, estás de joelhos e pensam que estás a rezar mas estás a fazer de tabuleiro simpático, fazem-te festas, dão-te comida, agarras com a mão, levantas a comida do chão, levas à boca: perguntam-te como ficaste assim, falas no vento Bora, um dia fui a Trieste, dizes, e apanhei isto, um vírus e não sai, com o frio ficas louco, com o calor ficas manso, com a chuva começas aos saltos, com neve fazes bonecos; tenho um acidente, caio, peço para me levantares, tento tirar do redemoinho a frase que quero dizer, não sei em que situação devo pedir desculpas ou insultar, os tempos estão baralhados, o que se passa lá fora não é entendido cá dentro, o cérebro une pontos, um ponto a outro como no jogo dos meninos até fazer uma figura que percebas; mas não consigo olhar para o que está em cima de mim, em qualquer posição da cabeça a própria cabeça não se vê, e talvez um espelho, peço ao senhor que tem pressa, está a fazer exercício, não quer ficar gordo, diz, eu não quero ficar louco, digo, tenho quarenta anos, ofereço a minha razão em troca do descanso, sou de Direito, enumero as leis que já insultei, entro em casa, volto mais cedo, abro a porta do quarto, estão duas cabeças na cama onde só devia estar uma, penso nos animais mitológicos que nunca têm apenas uma cabeça porque uma cabeça é pouco, qualquer ser humano sabe disso, mudar de cabeça a cada sete anos, como se fosse pele, ir ao guichet tirar a cabeça, pô-la no balcão, pedir outra, recebê-la, avançar para mais sete anos, é necessário instalar o inimigo na tua melhor poltrona, aqui vai, na melhor parte do meu cérebro colocas o que te insulta, eis onde tens melhor vista para o que penso: quero cozinhar um louco como se faz aos animais, hoje temos um louco para comer, antropologia e apetite, somos da tribo que come loucos, eis onde me sinto em casa, por cada louco que comes ficas mais louco, o homem que come doze loucos: entro na cozinha e faço uma reunião de horror em redor do louco que caçámos, avanço, tenho pressa, tento acelerar para conseguir cair, como alguém que treina uma qualidade para ser forte noutra: aumentar a velocidade para conseguir cair, aumentar a lentidão para conseguir cair; trata-se de uma nova modalidade, uma luta em queda, dois guerreiros em queda a ver quem ganha, o tempo do combate é o tempo óbvio, aquele que demoras até chegar lá abaixo, o tempo de combate é o tempo da queda, mas os homens são atirados dois a dois, um homem e o seu pior inimigo e enquanto caem batem-se, tentam empurrar o outro, puxar o outro, derrubar o outro, mas é estranho derrubar o outro quando o outro está em queda, quando se está já no ar, quando já não há apoios e nada de sólido; mas eis que os lutadores são lutadores até ao fim, não se rendem às circunstâncias: um murro no olho, um pontapé forte, orientam-se no espaço e na queda sempre dirigidos pelo ódio, eis o que melhor nos orienta, o que é melhor que bússola e solo estável, o bom ódio permite acertares em queda, e o combate está a terminar e termina, bem feito para os dois que bem merecem; alguém levanta o braço e diz que falta o árbitro e eis que quem estava a assistir é empurrado e tenta dizer Falta e Proibido, e é um paizinho em queda este árbitro que faz recomendações, sugestões, proíbe, penaliza, quer dar castigos: mas não há pior castigo que estar a cair, agradeço a maldade, mas nem tenho tempo para me defender, avanço na queda como alguém que julgasse que pode acelerar esse movimento, não te apresses, os rápidos os lentos, todos caem à mesma velocidade, eis o que me ensinaram, podes ser campeão de cem metros, podes não ter capacidade para mexer um pé, estás de cadeira de rodas e cais mais rápido do que o atleta, eis como são as coisas e como a queda substitui deus nos pormenores, eis que a queda nivela, meu querido, como estás pesado, só o peso interessa, o que tem peso cai mais rápido, o leve atrasa-se, cai mas tarde de mais: não sejas demasiado leve nem pesado, o peso justo, o tempo certo, a queda elegante, um segundo antes põe a língua de fora, diz adeus às pessoas que convidaste para jantar

**VENTO BORA
BANQUETE
O PAI
A MÃE
O FILHO**

é o vento Bora, um vento potente e frio como o que é terrível, é o vento Bora que mexe os alimentos que estão dentro da panela, e por isso quem vier a este banquete ficará louco, pois este vento tem fama de funcionar como um sabre no meio da cabeça: corta bocados, separa elementos antigos, não precisas de talher grande: o vento vem e faz o que cem mil utensílios não conseguiriam: transforma comida racional em comida louca, o vento Bora, tem medo dele, quem vai a Trieste vem com o vento Bora na cabeça e nunca mais esquece, não podes esquecer o vento Bora, e enquanto fazes a comida para o banquete lembras-te da maldição e como tens vergonha não mandas embora quem convidaste: ali estão os teus amigos, o teu pai, a mãezinha: sentas a mãe no trono alto e dás-lhe a primeira peça que o vento Bora ajudou a fazer, primeiro a mãe, depois o pai, depois os amigos, vamos ficar loucos, sim, mas em conjunto, todos no mesmo barco, todos na mesma mesa a entrarem ao mesmo tempo no mesmo inferno, um pedaço para ti, outro para ti; os amigos aqui estão, os mais antigos, os mais duros, os mais sólidos, e este banquete é perfeito, estamos todos no mesmo banquete, meu caro, e a comida está estragada, sabe bem mas ninguém se levantará da mesma forma: quem fez isto, alguém pergunta depois de saborear o primeiro bocado, o vento Bora, respondo, então vamos ficar loucos, diz uma mulher a rir-se, sim, vamos ficar loucos, digo, estiveste em Trieste quando, perguntam-me, não respondo, estou a saborear a comida louca, da comida racional o vento Bora faz comida louca, não é condimento, é a forma como mistura os elementos e isso é o mais estranho, o vento nada acrescenta ao que já tens na panela, o vento Bora mexe como uma colher de madeira, não entra lá para dentro, não estamos no campo da magia negra, estamos na gastronomia, o pai já está a pôr-se de pé em cima da mesa, o banquete entra na segunda parte, o pai dança com alguém que já não reconheço, um dos amigos faz o pino contra a parede, o que se desaconselha depois da refeição, vai vomitar e op ali está, o banquete parte três, um já canta, o outro — o que faz o pino — acompanha a canção de cabeça para baixo, e o estranho é que canta a mesma letra mas algo parece precisamente virado ao contrário, as mesmas palavras mas invertidas, ninguém pode fazer um coro com esta desorganização, o pai canta enquanto dança, outro canta enquanto pensa noutro assunto, o outro canta enquanto faz o pino contra a parede, está muitíssimo vermelho e vai dar uma congestão no cantor e não queremos isso, queremos canções saudáveis; já fazemos um comboio, o banquete entra na quarta parte, que bonito, todos em redor, o último põe as mãos no ombro do primeiro, é um comboio que morde a própria cauda, um comboio numa pista de crianças, numa pista que dá a volta, uma roda. Se tiveres um comboio muito comprido a certa altura ele preenche a linha por completo, e já não anda, eis o banquete parte cinco, ninguém avança porque uns andam para a frente outros para trás, que quem canta organize isto, levanto o braço, peço para falar e não falo, eles esperam um pouco mas depois desistem, não vieram para o banquete para usarem os ouvidos, há quem vomite, é o pai, nunca o vi assim, aproximo-me dele, ajudo-o, que queres?, pergunto; ele pede uma faca de cozinha, eu não a trago, ponho-me a cantar uma canção de *niños*, ele quer matar-me mas eu distraio-o, nunca vi o grande pai vomitar, e depois não se sai à rua da mesma maneira, ponham música grita alguém, um deles trouxe um gira-discos velho, põe um tango, isso, há vários pares e há um trio que tenta dançar como se fosse um par, riem-se como loucos, belo banquete, parte seis, estou a ficar cansado, o vento Bora faz isto: a mesa no chão já derrubada, cadeiras no chão, alimentos já muito pisados, os sapatos com misturas porcas, o vento Bora já está a pegar-se aos sapatos, a partir daqui não há fuga, ninguém sai da sala, todos se deixam estar, uns vão adormecendo outros ainda cantam, o maluco do pino faz um novo pino e insiste em acompanhar a canção daquele ponto, estamos a ficar sozinhos: eu e o vento Bora, fecho as luzes, só uma vozinha ainda está a pé e canta muito baixinho para não acordar os amigos do banquete, saio da sala, vou ao espelho, levanto o sobrolho, o outro, os olhos estão mais vermelhos que a cara do amigo que está a fazer pino contra a parede mas tudo adormece, o banquete, parte oito ou sete ou nove, já perdi a conta, avanço para a minha cama mas não há cama, avanço para a cadeira onde por vezes adormeço à tarde mas já não há cadeira, vou para a porta, rodo a fechadura, levo a chave, fecho a porta, fecho-os lá dentro, os meus pais com os maus amigos, maus mesmo, avanço para o meio da estrada, mando parar os carros, pergunto se querem ir comer a minha casa, eles não me conhecem, recusam, regresso a casa, chave na fechadura, porta de entrada e avanço em bicos de pés: todos dormem, na sala, o meu pai é lindo, a mãe linda, os amigos estão um bocado mais porcos, dirijo-me agora à cama e encontro-a, deito-me e tento adormecer com os olhos abertos, quando penso que estou a conseguir percebo que falho.

APRENDER EM CIMA DA ÁRVORE
ESQUIZOFRENIA
O NÓMADA
O MARTELO DO MÉDICO

num habitat de cem quilómetros o animal dá voltas à sua cabeça como quem está a ser perseguido e encontra e apanha quem o persegue e por medo arranca a própria cabeça pois é nela que está o inimigo que a psicanálise conseguiu colocar lá dentro, pelos ouvidos ensinam um ofício mas ele esquece tudo e começa a cantar quando lhe pedem que das suas mãos saia algum objeto útil, trata-se simplesmente de fazer objetos esquizofrénicos que destruam o que fazem no mesmo instante como se fossem um corredor muito rápido e humano a aplicar a sua velocidade a rodear uma circunferência minúscula, não interessa seres tão rápido se sais da linha que se traçou no chão e sair da linha é cair, como as crianças sabem, se marcas um traço no chão o que está fora do traço é abismo e queda, e se cais estás morto e só entras no jogo a seguir, e para quem está vivo apenas uma vez o jogo a seguir não existe, e felizmente és rápido e equilibrista, parece que te põem em cima de uma corda, estás no circo e o teu território não tem sequer a dimensão de dois sapatos, tens de habitar acima do solo, o que não é possível pois deixaste de ser chimpanzé há alguns anos, levantas os pés do chão, deixas os sapatos lá em baixo para enganar os inimigos, aprendes a estudar em cima das árvores, tornas-te inteligente em cima das árvores como os teus antepassados e claro estás contente, o que te importa é aperfeiçoares o grito, treinares para essa forma suicida de discurso, não grites porque o inimigo é o que mais rápido ajuda quem grita, avanço como um macaco e cada vez percebo melhor que é em cima da árvore que tens de aprender, fazer a primeira classe em cima da árvore, a segunda classe em cima da árvore, a terceira classe, estuda para louco, estuda para animal, como é difícil estudares para animal depois de tantos anos a aprender o inverso, op op e aqui vou, desço do meu território, olho para os dois lados, comparo os animais comigo, levo um espelho, vou assustando as pessoas da cidade com um único espelho, avanço como um maluco com os pés descalços em pleno centro da cidade, as pessoas a andarem de um lado para o outro e o que lhes mostro é um espelho retangular do tamanho de uma toalha das mãos, um espelho perfeito que vou virando para cada pessoa que se cruza comigo e eles estão com medo e fingem que é de mim mas é da imagem, e quem olha diretamente para o espelho acelera o passo como se o espelho os atrasasse, dizem-me qual é o caminho, subo as escadas e o médico manda-me sentar, pergunta-me a idade e a que espécie animal pertenço, répteis, mamíferos, depois os macacos estão muito próximos, se sou casado, se já tive acidentes, o que como o que fodo onde durmo quantas horas, de que forma os peritos foram importantes para a história dos entediados, nómadas, sedentários, pegam num nómada, prendem-no à cadeira com cordas, choque elétrico, impedem-no de se pôr a correr dali, desatam os nós, dizem estás livre e o animal já tem as pernas e o caminho, e tudo está disponível exceto a vontade, que é o principal, e a eletricidade bem dirigida já a sacou — à vontade — para fora como se fosse um órgão, atiras a excitação do louco para a mesa, ele estrebucha como um peixe, dás pancadas com o martelo, ele acaba de vez com a tua excitação, a forma médica de fazer sedentários, digo que sim, digo que estou às suas ordens, bato com os calcanhares um no outro, digo *Heil Hitler*, gozo com a situação, sinto que domino quem me esmaga, levanto-me, estou na vertical, fico tonto, peço uma cadeira, quase desmaio, tento de novo, outra vez na vertical, quero avançar, dou um passo, nómada por um passo, nómada por dois passos e op caio de novo, o médico segura-me, levanta-me, dá-me beijos na testa, no cabelo como se fosse seu filho, trata-me como um animal e filho e op op um passo, dois aqui vou eu de novo sozinho, livre dos papás, um pé, outro, op op, caio outra vez, sedentário na forma como caio, preguiçoso na forma como caio, tirámos-te a excitação, deixaste de ser nómada, op, rendo-me à medicina; vão conseguir ao fim de dois anos que me mantenha em pé sozinho, um regresso à infância mas pela porta grande, pela destruição do organismo, voltar atrás mas com mais peso, com mais corpo com mais ideias, estudar muito para conseguir ficar sobre os dois pés como fizeram os nossos antepassados macacos, op op, sobre os dois pés aqui estou a jurar com a mão em cima da bíblia, juro pelo Senhor que jamais repetirei os erros dos animais, endireito as costas, ofereço-me para guiar a carroça ambulante, fico sentado e são os cavalos nómadas que se esforçam, fico sentado e vou mudando de sítio, eis o que é estudar, conduzo a carroça, paro em cada povoação, mando os que estão lá atrás destruírem tudo o que mexe, eu fico sentado porque sou o chefe do bando, não me canso, tiraram-me a autonomia para estar de pé no meio do chão — estou por isso na cadeira, mas grito

**MÉDICO SEM BRAÇOS
OPERAÇÃO
CONTAR PELOS DEDOS**

dizem-me que sim e cumprimentam como se não tivessem braços, vejo-me a cumprimentar centenas de pessoas sem braços e como abanamos as duas mãos! uma de cada lado, todos tão contentes, trata-se do meu exército particular, cumprimento um a um os sem-braços e vou depois bater palmas a cada carro que passa, digo adeus, o meu nome, e bato palmas, entro no sítio onde me dizem que trabalho e deixo cair a cabeça no chão, levantam-me, perguntam-me se quero que chamem um médico, eu digo que sou médico, podem chamar-me ou eu próprio me chamo, espero ouvir, chego mais rápido que os outros e conheço o animal: deito-me e dou indicações como se estivesse de fora, digo para desapertarem a minha cabeça que quem desmaia precisa de respirar, estou doente e curo-me através de indicações precisas: só tens de mexer os braços e as mãos como mando, eis o que digo, pois conheço a teoria toda e digo onde é que o tonto deve pegar, estou já sem camisa e os meninos que tremem têm os utensílios para abrir um corpo a meio; com isto se fazem autópsias, a matéria é cortada como papel, é preciso ter cuidado, digo, uma operação a sangue-frio com o próprio médico caído a ser operado enquanto dá indicações, ninguém me salva melhor do que eu e as meninas tremem porque ainda são alunas, ensinei-as a pensar e agora precisava era de bom artesanato; retalham-me sem jeito nenhum, cortam onde não deviam cortar, avançam com a lâmina para o sítio de onde deviam fugir, ignoram o importante, tiram para fora os pormenores, estão a abrir-me no sítio errado, estão a fechar com uma linha às cores, estão a rezar numa língua que não entendo, peço silêncio e peço que confirmem se o meu coração ainda funciona, dizem que bate como uma criança, que está acelerado, digo que isso é perigoso, peço para contarem as batidas e elas contam pelos dedos como se tivessem sete anos

**A LOUCA
AS MOEDAS
O MAU-MAU**

entro no meio, partem os vidros das montras com os cartazes; levas um banco aí em cima da cabeça e partes cada vidro que encontras; entro no jogo, finjo a cólera, a mulher agitada diz que vai lavrar o campo com a agitação que agora tem sentada numa cadeira, com a cabeça a bater em cada extremidade: os pés a bater no chão como um índio e é assim que ela vai lavrar o campo, é isso que ela promete; e pede-nos para irmos ver, nós vamos, abrimos a janela, nada e nada, não há campo e não está lavrado, a maluca engole uma moeda, o que é pecado, e pede outra moeda e ninguém a dá e sai à rua a pedir moedas e todos julgam que ela quer as moedas para comer e é mesmo isso que ela faz, leva à letra, come as moedas, está com fome, perdeu o juízo, perdeu a paciência, não entende para que são as coisas: entregam-lhe uma moeda, à bela senhora, e dizem que é para comer e ela diz que sim, que percebe bem isso, que comer é na boca, ela entende os órgãos todos, é a única coisa que entende, e recebe a moeda e mete-a na boca e engole: as moedas pequenas são fáceis e talvez não matem, o perigoso são as moedas grandes, ela não é louca completa e começa a recusar as moedas grandes, só pequenas diz; pensam que ela é louca porque quer as moedas que valem menos, não entende o dinheiro, chegou ao zero da cabeça: mas afinal ela não é louca, percebe tudo, percebeu o dinheiro, quer moedas pequenas, as menos valiosas são as únicas que dão para comer, põe na boca uma moeda minúscula, engole-a, o que está a fazer?, perguntam-lhe, você mata-se, dizem, e eis o belo suicídio, diz ela, engolir moedas em vez de comprimidos e ri-se; afinal não está louca e está a ensinar a morrer em pleno semáforo. Os carros param, alguns abrem o vidro e estendem moedas, tudo certo, ele despede-se, agradece, o carro arranca e ela fica ali no semáforo a ensinar os mais novos a matarem-se com a arma certa; um enfermeiro pára, vê aquilo, está de bicicleta, vem ajudar e vem de bicicleta, ninguém o respeita, ninguém vem salvar nesse utensílio, nem luz nem velocidade, é um homem bom de bicicleta mas a louca não está disposta a ser salva por homens bons, não tem ninguém mau na família, pergunta, uma maldade um maldoso um mau-mau?, não quer depender de um homem bom, já teve disso e ficou assim, quer uma moeda, o homem não lhe dá, eis que não me mata nem a fome, o homem bom: ela bate-lhe na cabeça, ele impede que ela continue, fala no hospital; ela bate-lhe com mais força, pede-lhe moedas e o semáforo fica verde, a mulher exige que ele avance; o homem avança, desiste, pega na bicicleta, fez o que podia, está atrasado, já falhou algo no seu percurso, diz adeus à louca, a louca diz adeus ao ciclista; que tonto, pensa ela, e o semáforo está vermelho, mãozinha estendida, uma moeda, pede e há quem dê, ainda há homens bons ou muito maus, há quem dê e não olhe para trás, não fique a ver, não diga adeus

**CRISTO
UMA CASA**

Levanto-me para confrontar Cristo com as minhas razões. Deito-me para confrontar Cristo com as minhas razões. Luto para confrontar Cristo com as minhas razões. Bocejo para confrontar Cristo com as minhas razões. Tenho fome para confrontar Cristo com as minhas razões. Excito-me para confrontar Cristo. Atravesso a estrada, paro no passeio, digo adeus, faço um sinal obsceno com os dedos, subo para cima do telhado, finjo que escorrego, ladro com uma voz racional, vou de lá para cá cada vez mais rápido de tal maneira que o lá e o cá desaparecem e eu caio tão cansado porque destruí dois espaços ao mesmo tempo. Estou no solo e digo para fazerem uma casa, faço de parede e para quatro paredes faltam três homens. Chamo três amigos, eles recusam, chamo quem não conheço, há alguns curiosos, desses seleciono três

**MARTELO
CABEÇA
MOTOR
CAVALO**

Temos inimigos em todo o lado, abrimos as panelas, e ali está, a garrafa de vinho e ali está. Fico bêbado do inimigo, tremo e não ando, vacilo, hesito, quase caio, estou no meu território, faço nuvens de fumo, assinalo a minha cabeça aos meus olhos, estou separado, cortado em dois, sinais de fumo localizam-me, digo adeus a mim próprio, estou em frente ao espelho e salvo-me porque me vejo, perdi o próprio corpo, ponho as mãos atrás das costas e não sei quantos dedos tenho; preciso de ver para perceber onde está o meu corpo, estão a espancar um homem em plena rua, o homem a quem chamam nomes de forma trocista, estão a esmagá-lo; uma pedra na cabeça, um martelo como se matava as bruxas, como se estivessem a reparar uma falha no espaço, aquele homem é uma falha no espaço, não uma fenda, mas um sobressalto, um excesso, é preciso pôr tudo ao mesmo nível, trabalho de operário macabro, com o martelo esmagas a cabeça, outros tapam o que ali acontece, fazem muro: no meio da revolução há sempre estes trabalhos na estrada, no pavimento, pôr tudo ao mesmo nível, o alcatrão, os vidros que sobraram dos distúrbios, os corpos que não conseguiram fugir, reparar a cidade, limpar os restos, não os separar, não somos taxinomistas, não estamos aqui para dar um nome ao que ficou na rua, no espaço público, tudo é resto, mesmo que seja da tua família, camiões entram nas ruas mais apertadas e ali vai a carga informe para dentro das costas do animal, não há camelos nem cavalos, há camionetas e as suas costas são mais largas do que as de qualquer animal; digo adeus ao agricultor, está à beira da estrada, não apanha sustos com animais, treme, sim, com os motores: novas mitologias, centauros substituídos por motores a funcionar sem qualquer sentido como os animais que não percebemos como fazem filhos: por que extremidade do corpo deixam cair os filhos?, também estas máquinas assombram os agricultores, fizeram uma linha de fuga, um traço que vai da sua casa até ao fim do mundo, e por onde podem eles fugir sem se perderem?, uma linha reta de fuga, foi o que fizeram as melhores famílias, as mais letradas, as que sabem fazer traços; as outras fizeram linhas curvas, elípticas, linhas suicidas, linhas onde se foge saltando, mas ninguém foge saltando; há ainda o universo, são também bem-educados os filhos que mal falam e mal têm dinheiro mas já limpam os pés antes de entrar no universo, são tímidos até na própria casa, não fazem barulho para não acordar as bruxas más, mas não há bruxas más e quem os meninos não querem acordar são as máquinas que dormem no celeiro, ocuparam o lugar do feno e dos cavalos, e não podes fazer barulho para não assustar esses novos monstros, vais dar de comer à máquina de manhã como antes davas aos animais, não tens medo do ruído do motor, já sabes quais são os sons que o anunciam, calma, resistência, raiva, ódio, vontade de atacar; sabes distinguir os sons mansos da máquina dos sons mais violentos e sobes para cima da máquina e dizes Em Frente e ela não se mexe, depois dizes Para Trás e ela não se mexe, depois dizes Salta e ela não se mexe, desistes de domesticar e educar, voltas aos cavalos, sobes para cima de um e dizes Em Frente e fazes o que dizes com o calcanhar a bater com força na barriga do cavalo e o cavalo avança e agora estás no meio de um cemitério de motores, motores de todos os tamanhos e pilhas e máquinas velhas e eletrodomésticos e tudo cheira mal, mas não há cadáveres, nenhuma putrefação, nenhum cheiro que faça mal à saúde; o médico deixa-te procurar nesse cemitério de máquinas a máquina do teu avô, e ali vais tirando uns motores de cima, vasculhando como se estivesses no meio de animais ou depois de um massacre de humanos a tentar identificar quem era da tua família; só não falas porque terias vergonha, seria ridículo, estás à procura de uma antiga máquina fotográfica do teu avô e acreditas que neste cemitério de máquinas a vais encontrar, recebem-te com um sorriso, dizem para estares à vontade, tudo o que levares pagarás, mas a pesquisa é tua, não há cemitério como este, nenhuma criança tem medo de vir aqui à noite, mas devia — diz o guarda, os adultos sim e os velhos ainda mais, não confiam nisto que entrou tão rapidamente no mundo e nas casas, não confiam nem na morte destes outros animais

**MADEIRA
NEUROSE
DEPRESSÕES**

raspo a madeira para perceber se este é um material sujeito a neuroses, como os humanos, se a madeira fica louca aos poucos, se apodrecer é isso ou apenas uma mudança fisiológica; a perda de força do material, interessa-me isto, perceber na madeira o que é a neurose e no homem o que é esse apodrecimento que é visível na madeira cheia de humidade e tempo; porque a madeira não se enche apenas de outros materiais, não é corrompida apenas por coisas que ocupam espaço, também o tempo que em princípio não ocupa espaço, não se aloja em metros quadrados, mas também o tempo enche a madeira, vai enchendo a madeira como água enche um balde e, a partir de certa altura, a madeira apodrece porque lhe entrou tempo a mais para dentro, e o tempo é isto: não se vê, não ocupa espaço, é imaterial mas faz apodrecer, envelhecer a madeira e os homens. E, sim, as neuroses, pensar nos materiais a ficarem loucos da cabeça que não têm. Loucos da cabeça que não têm. Madeira que falha nas suas características essenciais: pedra, água, materiais que agora avançam quando normalmente recuam, sobem quando por regra caem — enquanto a matéria não tiver depressões, neuroses, não ficar louca por modo próprio e não por desavenças com outras matérias, enquanto tal não suceder não respeito a madeira nem a água nem o ferro — não são suficientemente frágeis para tu os respeitares

**FENDA NA ESTRADA
O PENSAMENTO
PRIMATAS**

uma fenda na estrada e o carro afasta-se da fenda minúscula como se esta pudesse dar azar. O pensamento lá em cima está em processo, olha para todos os lados e não vê mais ninguém: nem inimigos nem companheiros; pensamento sozinho pede ajuda, grita, quer descer lá de cima, ser urinado, defecado, sair do ponto alto e do ponto limpo e descer até ao sítio onde o corpo se suja: o pensamento está ali no topo e tem vertigens; descobriu agora, pede para descer, que está enjoado: como se estivesse num carro que sobe curva e contracurva longos quilómetros; quer descer para vomitar, que o carro pare para o pensamento sair, apanhar ar, vomitar se necessário sobre as belas plantas da montanha. Nem sempre medita e analisa, o pensamento também vomita, e ei-lo a receber da parte fisiológica baixa o melhor dos apoios, as mãozinhas, por exemplo, que são iguais às dos primatas, batem nas costas do enjoado para que ele se sinta com presença amiga; vão buscar um saco velho para que ele dali de cima não prejudique o bom aspecto da natureza nova — e ele vomita para o saco

RAIVA
MANADA
O HELICÓPTERO
CARNE-CRISTO
OS APÓSTOLOS
ÚLTIMA CEIA

uma enorme fenda na estrada, um problema nos pneus e também na raiva que não sabe para onde se virar, não tem objeto onde aplicar força, nem mulher, nem homem nem criança; atiro a raiva para a fenda, amaldiçoo o terramoto que abre traços na estrada, parecem desenhos feitos por mão forte e alta, um desenho com largura, um desenho onde podes cair, um desenho perigoso, imprevisto, vindo de cima; se cais no risco traçado na estrada cais lá abaixo e debaixo do alcatrão estão sete diabos; os nove diabos da civilização escondem-se debaixo do 3º andar do baile, os homens da pré-história não faziam bailes, pelo contrário, estavam sempre apressados, não andavam à roda como os malucos que dançam, que dançar é também isso: não ter pressa, não ter medo, os animais não dançam e os homens primitivos não dançavam: avançavam em grupo como se fossem uma manada, envolvidos na sua animalidade até ao focinho, ali vai a manada de homens a fugir não sabe de quê, com um chefe que ninguém identifica; se aparecesse subitamente um helicóptero lá em cima, os homens lá em baixo meio nus começavam a gritar e a atirar pedras, e isso ainda se passa, não estamos na modernidade, um helicóptero que caia, por avaria ou medo, no meio de uma manada de homens primitivos será desmembrado; um helicóptero desmembrado, no tempo de Cristo, porque é visto como um animal, não pode ser outra coisa, a técnica ainda não avançou o suficiente no tempo de Cristo para o helicóptero poder ser visto não como um animal; foi caçado sim e os homens gritam e querem comer o helicóptero: as várias partes do animal; guerreiam entre si, cada um quer a hélice, a parte de baixo, a parte ao lado, a carcaça, os manípulos; destroçam o helicóptero como destroçam uma gazela: é um pássaro que veio de cima e tudo o que vem de cima e cai é para comer; e os dentes sentem de imediato que aquilo não é comida normal mas, sim, o pássaro já não era normal: a sua carne também não pode ser a habitual e o interessante é que os homens, a manada de homens, cheira com atenção a carcaça do helicóptero, os pedaços daquele animal são cheirados e há uma temperatura que vem do metal que agrada à manada de homens porque o calor é já uma forma de convite; a carne daquele pássaro estranho ainda está quente e por isso a manada faminta come o que não deve ser comido pois o estômago humano não foi feito para comer estes produtos técnicos grandes e duros; e se os homens da manada vão morrer ou não, isso não se sabe, o certo é que ali estão a mastigar pacientemente aquele bicho que veio do sítio mais estranho que existe em todos os países, que é a parte de cima dos países, essa parte de cima que conhecemos tão pouco, e foi de lá que veio esta carne, este pássaro, e por isso do céu só vem estranheza, e se Cristo fosse vivo não estaria aqui ao lado da manada, talvez com os seus doze apóstolos pudéssemos pensar que a última ceia seria algo assim, a devorarem peças metálicas de um helicóptero que veio do céu e por isso o novo Cristo, o Cristo do século XXI, mais os seus doze apóstolos, ali está a devorar, na última ceia, os pedaços daquele animal técnico, a devorar o metal enquanto está quente, acabou de cair, estava em funcionamento, fazia barulho na cauda, aquilo a que chamamos motor a manada antiga dos homens chama coração; o motor da máquina é confundido então com o coração de um animal e há quem golpeie um amigo que queria comer um pedaço de motor que estava nas suas mãos; acreditam como todas as manadas antigas de humanos que comer o coração do inimigo dá força para três gerações, e mesmo quem não tem filhos quer ter a força que vem do coração daquele pássaro estranho a que nós aqui do mundo moderno chamamos helicóptero mas eles chamam pássaro que veio de Deus, e tudo o que veio de Deus é para comer, nada na natureza está fora deste ciclo de apetite e estômago: a técnica veio invadir o que estava há muito equilibrado e por isso não pode querer que não a comam, que não comam alguns dos seus objetos, porque a manada antiga dos humanos vê a natureza como o banquete disponível: certas ervas são boas para comer outras não, todos os animais são no limite para o dente da manada humana e nada está no mundo colocado pelos deuses que não pertença a este banquete tão antigo e foi neste mundo que por azar entrou o helicóptero e por isso está a ser devorado: Cristo e os apóstolos mastigam duramente, pacientemente, aquela carne terrível, mais dura que qualquer carne de qualquer animal, e daí o seu valor pois a carne dos animais vale pelo seu sabor, sim, mas também pela sua dureza: a dureza demonstra o que é o animal, a sua firmeza, a sua coragem, acreditam que quanto mais dura é a carne do animal mais corajoso é o animal e por isso aquela carne insólita, duríssima, é devorada com muita dificuldade, mas com muita excitação, pois quem comer o coração tão duro desta máquina a que eles chamam pássaro ficará com a vontade mais firme entre os humanos: comem o coração da máquina, os doze e Cristo em redor da mesa, a inaugurar um novo século, uma nova forma de agarrar no mundo, Cristo diz palavras santas, com um pedaço de metal nas mãos, leva-o à boca, mastiga um minuto, dois; trinta minutos e todos fazem o mesmo, eis o coração do animal mais estranho que os nossos olhos viram, eis esse coração a ser devorado: a última ceia inaugura uma nova época, até podemos dançar depois do banquete, e há quem peça vinho, mas o animal também tem os seus líquidos, como todos os animais, um sangue bem diferente mas o certo é que aquele helicóptero tem vida e humores líquidos, que são bebidos, este é o sangue deste animal — e é este sangue que nos dará força

PAI
ANIMAL
BOM-DIA
O PIOR DOS FILHOS
O MELHOR DOS PORCOS

: há armas e violência, um pensamento não combate como as meninas: não se trata de puxar os cabelos ao pensamento que se lhe opõe, trata-se de outra coisa, outros atos, bem diferentes, os movimentos do pensamento atiram-se às partes débeis do outro, não têm piedade física nem moral, o combate é para vencer não é para que tirem fotografias dos combatentes, não se trata de uma questão estética mas de uma questão animalesca de território: este cérebro é meu e, mais do que este cérebro ser meu, estes juízos morais são meus, gosto, não gosto, ou a voz que diz: mau, bom, mau, bom, mau, bom
no palácio está o pai que diz bom dia aos filhos, uma

festa na cabeça, o indicador que diz — tu és o pior dos filhos, e eu aponto para a minha cabeça como se tivesse uma arma, mas nem arma nem dedos aponto no pensamento que é bem mais violento, aponto para mim e digo como se estivesse diante do espelho: eu sou o pior dos filhos e o pior dos filhos é chamado a dar um beijo a um animal, um beijo no dorso de um animal, pois os animais são o nosso ouro, não temos ouro mas temos animais: um beijo no dorso do cavalo, um beijo no dorso da vaca, um beijo no dorso da cabra; tudo é para ser beijado; só não me manda beijar a terra porque eu sou o pior dos filhos e só os melhores dos filhos é que podem beijar a terra: eu beijo o cavalo e estou bem assim, ainda não cresci o suficiente para gostar de beijar meninas; o pai ensina-me coisas atrás das coisas que parece ensinar: está a ensinar-me a namorar, mas eu não entendo: avanço para o cavalo, dou duas festas, pergunto se está bem assim, e o pai diz não e não e não, e manda-me para o quarto de castigo, um quarto trancado, completamente fechado a oito chaves pelo senhor meu pai, mas depois estranhamente ali está a janela enorme aberta e posso ficar trancado no quarto toda a vida ou posso atirar-me da janela e morro assim a partir de um ponto alto e até posso gritar enquanto caio, e claro que um pai não quer que o seu filho seja um suicida, nenhum pai deseja isso, mesmo para o pior dos filhos, mas então que quer ele com a janela aberta, porque me fecha num sítio que tem uma saída, não é justo, digo: e peço e grito para fecharem a janela, que quero ficar preso sem nenhuma saída, que não gosto daquela saída, que não estou preparado para aquela saída e, sim, alguém ouve os meus gritos, estou aterrorizado e por isso o grito é mais convincente: rodam as oito chaves, abrem a porta do quarto, fecham a janela, que bons são estes homens: agradeço a simpatia, a compaixão, estou preparado para sair, quando me quiserem, estou preparado para ser o melhor dos escravos já que sou o pior dos filhos, recuso pois o estatuto antigo e preparo-me para servir, e tal pedido é aceite e agora, desde há seis anos, ou dez ou vinte, sou o melhor dos que limpam a estrebaria, sou o melhor dos porcos, o melhor animal da fazenda e os filhos bons do meu pai fazem-me festas e dão-me beijos no dorso, estou contente e se necessário posso dar urros que pareçam urros de animal, prescindo da minha linguagem, não me serve para nada no ofício que exerço, prescindo da linguagem e avanço para a docilidade como um belo animal mudo, aqui estou, o mais belo e forte animal mudo, o melhor animal mudo que o meu pai tem — e ele tem muitos

ESPINGARDA
BALA
O PAI
PLANTAS
ANIMAIS
OBRIGAR A NATUREZA A ACELERAR

nada de especial, um velho homem barbudo carrega uma espingarda, tem a arma atrás do ombro como um material de trabalhar a terra e até é: as balas são disparadas contra o solo, violentamente, e acredita-se que assim a colheita será melhor: as árvores, os frutos os cereais crescerão com estas sementes metálicas, sementes atiradas a grande velocidade contra o solo e a questão está mesmo na velocidade: é a velocidade que dá vida à natureza, a velocidade violenta da bala que entra no solo transmite uma energia que mais nenhum gesto manso pode alguma vez conseguir e a terra sofre o contágio: ganha uma energia que vai passar aos alimentos, que vai transmitir energia ao que ainda cresce: rápido, cresce, rápido!, força!, é isto que diz a velocidade da bala no solo, e os homens acreditam que a colheita será excelente pois o velho pai, o dono de todos os filhos, começou a descarregar a sua espingarda contra o solo; não se trata de bater no solo com a coronha, isso é gesto com pouco efeito, nem sequer um pequeno terramoto terá origem nestes movimentos apesar de o gesto da coronha da arma contra o solo ter força porque é feito pelo chefe da terra, pelo pai maior dos filhos pequenos, mas as balas são outro assunto: é atirar o metal para dentro da terra, fazê-lo mais forte, mais duro, mais apto a crescer e a resistir à natureza que não quer que essas coisas cresçam; porque há duas naturezas, uma que diz: cresce, e outra que diz: não cresças; os ventos fortes, a geada, e até os pequenos terramotos causados por movimentos errados do pai, tudo isso que a natureza pode fazer combate o crescimento que o homem quer e as balas são outro material que só o homem tem; do céu não chove metal e isso é uma vantagem do ser humano: faz algo que os deuses e muitos milénios não conseguiram; pode chover, podem vir relâmpagos que assustam, tudo pode vir do céu, menos o metal que é exclusivo da forma como o homem é hábil a manipular o fogo; e se do céu não vem metal, da arma do pai vem, e muito, as balas sete oito nove ali estão, atiradas contra o solo, a cerca de um metro de distância, avança um passo, dois, e um tiro, mais dois passos e novo tiro; trata-se de semear, sem dúvida, o gesto é o mesmo, a intenção a mesma, os efeitos são mais fortes, deus nos salve mas é assim que aprendemos a fazer crescer os animais, as plantas, os cereais, aqui tenho uma arma para obrigar a natureza a acelerar e utilizo esta ameaça e, se necessário, até outras de que me lembrei agora

**A MÁQUINA
MORTOS E LIXO
VACAS
ENSINAR OS NOVOS**

uma máquina: um tanque de formato estranho como se a geometria militar tivesse dado em maluca; mas mesmo assim é máquina de guerra, tem canhão à frente e dos lados, é uma máquina que parece gorda: está larga de mais no centro e depois estreita nas pontas, não é um tanque normal, parece um reservatório de água feito para caber muita coisa lá dentro; parece quase um armazém, mas é um armazém que dispara, que faz feridos e mortos; não é um armazém, a não ser que a sua largura enorme e invulgar seja para lá pôr os mortos, os homens que o seu canhão desfaz, talvez seja isso; é uma arma de guerra e um barril de mortos, saem lá de dentro dois maqueiros e pegam no morto e despejam-no lá para dentro, como se aquele morto fosse um pedaço, um resto e aquele camião fosse do lixo e não da guerra: e matam e retiram o lixo do caminho, apagam os vestígios, e aqui está o que é a máquina, uma camioneta que mata e engole os vestígios, que invenção útil e, além do mais, vista de fora, tem uns números escritos: quase parece ao longe um quadro de ardósia de uma escola ambulante que está a ensinar matemática aos meninos, e quem sabe talvez seja isso: vai matando e ensinando à medida que avança e por isso atrás de si ou fica nada, pois os mortos são atirados para dentro dessa baleia mecânica, ou ficam meninos alfabetizados, ou alfabetizados na matemática, aqui aprende-se o abc da matemática, o abc da linguagem não interessa, que faças cálculos mas que não consigas gritar, eis de que são feitas as crianças: conseguem contar o número de animais mas não conseguem gritar; conta pelos dedos, utiliza o sinal + que aprendeste na carcaça do tanque estranho dessa escola ambulante que avança pelas aldeias e mata os fortes e ensina os meninos coitadinhos que ficam órfãos de pai mas ficam com a mãe e com algumas aulas naquele quadro estranho; e eles aprendem a escrever números no quadro de ardósia ambulante, em cujos bastidores estão muitos corpos, e a vida é assim: é preciso ensinar e nunca mostrar o que está atrás do quadro: primeiro que a cabeça funcione e faça cálculos, depois sim que o rosto, e o que nele trabalha sem parar, se ponha em funcionamento: falar, ouvir, saborear, cheirar o cheiro dos mortos, e depois tocar — que é um ato mais bem executado pelos pés e mãos do que pela cabeça — e aí vai a máquina, é preciso deixá-la passar

O DONO DO CÃO
A ELETRICIDADE
O 2º CRISTO
MORRER DE FOME

um outro homem foi fechado no meio de um quadrado e é evidente que tal é uma prisão simbólica ou a prisão de alguém que é louco e que confunde traços no chão com paredes verticais; um traço que acaba em quadrado não é uma construção de engenharia, mas quem está preso no quadrado não se apercebe disso e ali está como um maluco a andar de canto em canto, um animal acossado, alguém que anda de canto em canto pelos minúsculos metros quadrados de uma solitária; e se não fosse um louco que ali estivesse mas por exemplo um cão? Se fosse possível fechar um cão dentro de um quadrado desenhado no chão, e se o dono do cão fosse tão violento que espancasse o animal cada vez que ele saísse desse quadrado com a área de sete metros; e claro que podemos fazer mais experiências com cães (e fiquemos por aqui): por exemplo durante semanas a cada tentativa do cão para sair do quadrado, uma enorme descarga e a dor no cão é mesmo dor, ele percebe, não é estúpido, sete semanas de choque elétrico quando o cão tenta sair do desenho e depois das sete semanas já não são necessários choques elétricos porque a dor ensina muito, sempre ensinou; e ali está o belo cão, na oitava semana, sem coragem para sair do quadrado traçado no solo; um traço é uma parede se antes a dor te disser que um traço é uma parede — e assim o cão aprende. E a memória guardou com tal força a violência do choque elétrico que mesmo esfomeado o cão não tem coragem para sair do quadrado. E a perversão continua: há muitos dias que o cão não come e agora põem o alimento e a água uns centímetros no exterior do quadrado: isso não se faz, claro, isso é maldade má, mas as experiências são assim e assim se construiu o progresso, tira da ciência a perversidade e a ciência volta às carroças guiadas por cavalo, por isso avancemos: cão há duas semanas sem comer, pêlo e muito osso, e ali está o banquete e a água uns centímetros fora do quadrado e o que faz o cão?, o cão faz isto: enquanto tem forças anda no interior do quadrado afastando-se de cada traço como quem se afasta de uma parede, depois fica fraco e deixa de andar e já que não pode comer, cheira, mas só mesmo o cheiro vai lá para dentro e o cão precisava de mais e por isso agora está tão fraco que já não anda, deixa-se estar primeiro sobre quatro patas paradas, depois já nem isso, deixa-se cair, ou senta-se ou deita-se, mas o movimento é quase involuntário, ali está o cão no centro do quadrado a deixar-se morrer. E o certo é que talvez isso seja uma maldição: tudo o que fazes na tua cabeça terá efeitos no mundo concreto, não penses mal dos outros, não resmungues maldições e não faças promessas que não possas cumprir porque o segundo Cristo desceu à terra e é bem pior que o primeiro: deixou na terra uma maldição: cada traço humano se transformará em coisa concreta; já que os homens querem ser assim tão fortes que fiquem com mais medo do quadrado no chão do que do inimigo que lhes aponta uma arma. Há depois ainda uma dança em redor deste quadrado que nos ensinou tanto, e dançar em redor de um quadrado é absolutamente de loucos ou de fundamentalistas porque sempre, desde o início dos tempos, se dançou em redor de uma roda e o século XXI inaugura isto, a dança em redor de um quadrado — como se dança, como mexer os pés, os braços?, é difícil, e por isso há quem tropece para dentro do quadrado e ninguém o vá lá buscar, parece uma fogueira: quem cai lá para dentro será queimado, e merece, pois falhou no passo de dança. E é tão bonito ver de cima, de helicóptero alugado a bom preço, é tão interessante ver uma enorme multidão a dançar em redor do quadrado, uma bela festa, esta, que merece toda a nossa atenção

**CIDADE
CONTÁGIO
O FERREIRO
O MORTO**

Nem sequer é isso: uma mordidela é suficiente para colocar uma cidade inteira em perigo porque uma cidade pode ser mordida como se fosse um organismo, e quando uma cidade é mordida quem vive lá dentro não pode escapar pois há este acontecimento antigo que é o contágio: os homens têm tendência a aproximar-se uns dos outros e em tempos em que a cidade foi mordida tal é o fim da saúde coletiva. O contágio avança e as medidas humanas vão mudando: uns emagrecem e o seu cinto precisa de mais furos, vão ao ferreiro que tem o instrumento necessário para isso, também o sapateiro, mas preferem quem utiliza o fogo — mais dois buracos no cinto e tens agora espaço na tua roupa para emagrecer, eis o que fez o ferreiro ao abrir mais dois furos no cinto: tens espaço para fugir dentro da própria roupa, que bonito, em vez de teres caminhos, desvios, sítios escondidos, em vez de avançares no exterior da cidade, avanças no próprio corpo, foges de um certo peso para um peso cada vez menor e os dois furos no cinto já não bastam, já foram utilizados, preciso de mais espaço, dizes ao ferreiro, e ele com uma peça de metal com a ponta em fogo abre um buraco e depois outro, dois belos furos para poderes desaparecer, é evidente que o ferreiro conhece os homens e por isso chama-te e diz que falta o último furo e ele faz esse último furo assinalando com uma tinta vermelha, é o furo-limite, quando chegares ali estás morto e não serás tu então a apertar o cinto até chegar ao furo vermelho: será a viúva, o viúvo, um dos teus filhos, um dos teus amigos ou, se nada deixares atrás, será um dos homens que entra de manhã na agência funerária: o cinto apertado até ao furo vermelho. E poderás, mesmo morto, protestar com esse apertão violento, com o facto de a fivela chegar ao furo vermelho; poderás protestar dizendo que em cima de uma cama ou de umas belas tábuas, quando o corpo está na horizontal, não há risco de as calças caírem e de passares por uma vergonha e por isso depois de morto podem apertar menos o cinto, deixá-lo a um furo ou dois do furo vermelho para que quem me vá ver morto não fique chocado; as calças não caem se estiveres deitado, mesmo as calças mais velhas e mais largas do mundo — e eis que o morto recebe todas as homenagens e até o ferreiro ali está, dobrando a cabeça em sinal de respeito, não falando, com um rosto que nem parece de um bruto mas de alguém com emoções meticulosas; porém, de facto, quando ele se dobra tem olhos não para o rosto do morto, que tal não é o seu ofício, mas para o cinto e para os furos que ele fez; no fundo, faz como um pintor que visita a casa cuja parede tem um quadro seu, tenta perceber, o ferreiro, se o seu trabalho foi bem feito, se passado algum tempo ele admira o quadro que pintou, os furos que fez; e de facto, sim, foi um belo trabalho, os últimos furos estão bem redondinhos, bem perfeitos, iguais a todos os outros, e o vermelho do último furo mantém essa cor forte, e como tudo está bem e o seu trabalho não pode ser posto em causa, o ferreiro aproxima-se da viúva e transmite as condolências, e quase chora o ferreiro

**UM MACACO
UM FUNCIONÁRIO
O ZOOLÓGICO**

por exemplo, os pontos cardeais baralham um macaco. Ele olha para o norte para o sul desenhados e pintados no chão e não percebe nada e até fica com cabeça doida. Começa a falar. Diz palavras humanas porque se sente perdido no meio dos pontos cardeais desenhados no solo. Um macaco que fala porque está perdido é um macaco que deve ser abatido e é isso que um funcionário do zoológico faz. Tem uma carabina com uma bala que faz dormir e ali está: o tiro e o macaco cala-se, deixa de falar. Quando acordar, depois, na sua cela, passadas muitas horas, o macaco não se lembrará de nada e, claro, não conseguirá dizer uma palavra.

**XCARET
MALDADE
DIABO**

em Xcaret, os animais selvagens convivem com os homens — no meio, uma barreira, de resto tudo é possível: os homens gritam de um lado insultos e do outro lado os selvagens rosnam. Em Tulum, o Templo do Deus Descendente: e tal nome é já o anúncio de um novo passado que nunca tivemos. Um deus que descenda, que caia lentamente (no tempo em que ainda não havia pára-quedas). Não se trata de cair, os deuses nunca caem, trata-se de descer. A bondade desce do céu, como se entre o solo sujo e a limpeza das alturas existissem umas belas escadas; enquanto a maldade cai do céu, como a bomba e a pedra, e o diabo também em poucos segundos está cá em baixo. E tal diferença de velocidade talvez explique algo: o mal em queda chega num segundo, o bom deus desce como quem flutua, sem pressas. Quando chega cá abaixo: o caos, a desordem e a violência instalados.

**FLORESTA
LOUCO
PIANO
ATRASADOS MENTAIS
MALUCOS
ESQUIZOFRÉNICOS
MANÍACOS
PSICOPATAS
MEDICADOS**

Estamos na floresta e os animais dizem-nos adeus como se estivessem atrás da janela a despedir-se e não ali à nossa frente a afiar a bela violência. Está um louco ao piano e toca como um pianista amestrado, dão-lhe medicamentos de tempos a tempos, pois o bicho pianista é muito violento — mas estes comprimidos são mais rápidos que uma bala, entram no organismo e acalmam a excitação desordenada e tudo o que vai para os dedos é resultado apenas de anos e anos de aprendizagem musical. O louco toca piano, e a sua irmã tem treze anos e a saia curta de mais para a idade e seduz, com o modo de cruzar as pernas e de olhar, um ou outro velho repugnante e um ou outro adulto que não trouxe a mulher. Mas o louco é o principal da cena porque toca tão bem que quase não há um suspiro, a respiração geral está baixa como se os presentes na sala tivessem subitamente entrado em estado de intensidade semelhante à hibernação dos ursos: hiberna quem escuta o piano do maluquinho, as teclas parecem adormecer o ritmo cardíaco, e só existiriam dos humanos ouvidos e atenção ao som se, naquela sala, não estivesse a irmã do pianista com aquela saia demasiado curta e com os gestos ostensivos que querem seduzir. Até poderiam estar cegos, todos os homens daquela sala, tal a clareza que vinha do piano, mas há a rapariga e por isso ninguém fecha os olhos e, pelo contrário, alguns homens abrem-nos como se estivessem diante de uma ameaça, e um certo homem está reduzido a isto, permitem-lhe fazer as revoluções que quiser, mas sem sair do quarto: revoluciona o mundo mas em dez metros quadrados, fechado à chave e sem nenhuma forma de contactar com o exterior, aprendeu a tocar piano porque o fecharam à chave dentro do compartimento onde só havia tédio e piano, aprendeu assim, dessa forma, e agora ganha a vida a tocar para homens que olham para as pernas da sua irmã de treze anos. E sim, é esse homem, e está medicado com rigor, parece que descobriram com exatidão a posição de uma molécula; nele, no louco, encontraram a posição certa entre a medicação e o mundo para que cá para fora não saia raiva nem violência nem desordem nem desacerto, mas simplesmente o dó ré mi, o que é excelente. A

casa, de resto, tem mais compartimentos e foi assim que se formou a mais medonha das orquestras, cada animal doente foi fechado dentro de um compartimento e poderia fazer a revolução, sim, gritar e muito, dar pontapés e murros contra a porta ou contra a parede se se quiser magoar, mas não podia sair dali, coitado — e além da raiva, e depois do tédio, cada um dos maluquinhos tinha um instrumento. E uns partiam-no, outros insultavam o instrumento musical como se fossem parvos por completo, mas a maior parte aprendeu a tocar e agora, que orgulho!, aqui vai na bela carrinha a única orquestra no mundo composta unicamente por atrasados mentais, por malucos, esquizofrénicos, maníacos, psicopatas medicados ao ponto de a sua violência acabar por sair por um som fino do violino. Estamos num ensaio e o chefe da orquestra não leva apenas a batuta e a pauta, leva também o chicote e estamos na elite das galés, ninguém rema, que isso é de tempos antigos, aqui temos artistas, cada um com a sua arte e o seu instrumento, mas há um homem — o irmão do chefe da orquestra — que chicoteia os elementos da orquestra: um e dois e op, para que eles acertem o ritmo, para que eles fiquem com a tensão necessária para uma exibição em público, nota errada chicotada imediata, assim aprendem a
os animais bem medicados o dó, ré, mi e op.
E, sim, a bela orquestra entra toda para a carrinha, parece uma equipa de futebol, só que estes têm os olhos tortos, ou mansos, ou vagos, tudo está naque-

les olhos que parecem não estar ali, olhos medicados até ao cantinho mais fundo e com a medicação não passam a ser daltónicos nem míopes mas não vêem nada — não se fixam, são olhos que estão atentos apenas ao que está a uns dois metros de si, mais de dois metros e eles não vêem, porque não lhes interessa. São homens reduzidos a dois metros cúbicos, em redor de si próprios, e como se estes fizessem o mundo; para lá é mais do que o estrangeiro; não outro país, mas outros interesses; animais assim são os melhores para se debruçarem sobre o instrumento correto: curvam-se, corcundas, e por vezes é preciso endireitar aquelas costas à força, como se fosse um móvel perro de mais que perdeu a energia, como aquelas mesas desdobráveis que quando não se utilizam durante muito tempo ficam na posição imortal de dobradas, o tampo dobrado sobre si próprio, e só com violência a mesa voltará a ser mesa. Também assim com os malucos curvados, longas horas de aprendizagem e agora são necessários dois carregadores de móveis, dos brutos, daqueles homens que fazem mudanças de mobília da costa oeste para a costa leste, e que são capazes de levantar cem quilos com a facilidade de quem está distraído a pensar noutra coisa, são tão fortes que nem precisam de estar a pensar nos cem quilos que levantam e tal é uma boa definição de força — quando podemos fazer algo sem pensar nisso, distraio-me enquanto levanto cem quilos, estou distraído a pensar noutro assunto enquanto toco a mais difícil das sinfonias, mas as chicotadas até podem entrar no resumo geral da música, se considerarmos que a música moderna há muito integrou todos os ruídos, desde o copo que se parte com estrondo no chão até ao barulho terrível e irritante de uma manada de ratazanas, tudo pode ser música, portanto as chicotadas nas costas dos músicos, maníacos mas mansos, entram na concepção geral do espetáculo e o dó, ré, mi é intervalado, aqui e aqui e aqui, pelo silvo da vergastada que é, para alguns melómanos, um dos mais interessantes sons que a música moderna foi buscar ao passado; podemos ainda avançar com outras teorias, mas em berlim a orquestra é louvada, em paris também, há artigos excelentes dos especialistas de viena e se a mais bela música veio de doentes amestrados num hospício, de onde virá a mais terrível das músicas, eis a pergunta

**FLORESTA NEGRA
ANIMAL ALTO
JESUS DOS ANIMAIS
CORREDOR DE MIL METROS**

sempre em linha reta, na Floresta Negra um homem acelera para chegar ao sítio de onde partiu, mas nunca consegue. Levanta a cabeça, e um animal alto ou que voa quer aquela cabeça que se levanta na sua direção. Não há céu para os animais que não levantam a cabeça, e a anatomia impõe isto: a falta de fé: sem pescoço não chegas lá, as quatro patas são isso mesmo: se há céu para os de quatro patas ele está em frente, no horizonte, essa linha afastada, lá ao fundo, substitui o céu, os deuses não estão no alto, estão lá ao fundo, ou seja, pisam o mesmo solo, comem as mesmas merdas — e é isso que o jesus dos animais deseja: obrigar homens a andar a quatro patas, homens que avancem como as gazelas ou mesmo que rastejem para que o céu não seja um assunto de dar saltos, ou de olhar para cima, mas de olhar em frente, como é natural: queremos chegar mais longe e só se pode chegar mais longe caminhando sempre sobre chão firme, eis o óbvio. Como avançar sem apoios, com o nada por baixo dos pés?, nada de voos, anjos, suspensões da gravidade, aqui tudo é caminhada: o céu está lá ao fundo, como um cemitério de elefantes, um local escondido, uma clareira no meio da floresta negra onde todos dançam ou bebem ou fornicam, ou então nada fazem e o céu terreno é esse nada fazer, estar contente no tédio, talvez seja isso, essa clareira, estar muito tempo sem fazer nada, sem expectativas e sem medo e mesmo assim aguentam-se, não ficam loucos, não matam, um tédio excelente, o tédio que nos salva, e talvez seja este o segredo do Cristo dos animais, só te salvarás pelo tédio, pela falta de vontade, estás sentado e sentado ficas, levantas-te e levantado ficas, olhas para o fundo por olhar e não por quereres ir para lá, estás bem onde estás e isso é deixar de ser humano, é passar a ser animal de quatro patas, mas é isto que o Cristo dos animais quer, humanos de quatro patas que estejam contentes, uma tribo de cem mil homens a quatro patas que se fascinem com os ponteiros dos relógios tal como os seus ancestrais se fascinavam com totens ou com a trovoada, ter tanto medo de um relógio como de um relâmpago, ficar tão maravilhado com o funcionamento de duas roldanas como com a luz que vem do raio na tempestade, já não batemos palmas à luz súbita e excessiva e barulhenta dos relâmpagos, batemos palmas ao que funciona, e o fascínio do movimento dos ponteiros do relógio vem disto, e por isso há novos cinemas neste século em que o cristo dos animais veio finalmente ensinar a viver, os novos cinemas são assim: entras numa sala muito escura, pagas um bilhete, sentas-te na cadeira, depois ali está à tua frente um relógio enorme, circular, e o espetáculo começa, o filme, a peça de teatro, o que se quiser chamar, e é apenas isto: o relógio em funcionamento; os espectadores adoram, ficam fascinados com aquela rotina: o ponteiro dos segundos a andar mais rápido, depois o ponteiro dos minutos, quando ele muda, que alegria, e depois, muito tempo depois, o ponteiro das horas, como ele se move lentamente, e o fascínio está nestes três movimentos, e este é o novo espetáculo que chama multidões no final do século; e há dois grupos de espectadores, os que estão no cinema para ver de frente os ponteiros das horas, minutos e segundos, e há depois uma outra multidão, que também paga bilhete, e que entra pela porta oposta; e estes sentam-se nas costas do relógio a ver não os ponteiros, mas as roldanas encaixadas umas nas outras e a forma como as peças mecânicas se entendem, uma roda para ali outra para o outro lado, e parece um baile, por vezes a dois, uma valsa, duas roldanas, três, por vezes com mais elementos mecânicos, mas é um bailado mais belo do que qualquer bailado humano porque é sempre igual, não há enganos, tudo acerta o passo tudo se repete e a sensação é a de que os espectadores poderiam ficar ali até serem velhos que não veriam qualquer passo desastrado destes bailarinos, e as palmas aparecem e o relógio não agradece, não fica corado de vergonha, não se dobra para retribuir, o relógio prossegue embora as palmas sejam muitas porque os espectadores são muitos e gostaram deste espetáculo, o espantoso espetáculo de tudo avançar como deveria avançar, palmas para o controlo;

e como os homens têm medo de sair daquela sala para o resto do mundo onde por vezes acontece essa coisa tão bárbara, tão pouco humana, de surgir um acontecimento imprevisto

**UM BURRO
O CRISTO DOS ANIMAIS
MÁQUINAS
O PESO NUM PÉ**

mas só num certo sentido, claro. Um homem recolhe as tradições à medida que avança e leva-as depois em cima do burro, um animal que caminha sempre em frente e nunca se engana no caminho até porque o caminho é este: menos de um metro e meio de largura e do lado direito a alta montanha e do lado esquerdo o alto penhasco; para o lado direito do burro não consegues subir porque a montanha é uma parede e tem poucos apoios. E para a esquerda cais e por isso é que o burro não se engana no caminho. E assim, mais uma vez, ali está o Cristo dos animais a caminhar por um sítio reto: avançar sabendo que atrás dele ninguém vai recuar, ninguém se vai enganar no caminho e naquela procissão de burros, atrás do Cristo dos Animais, vai uma procissão moral, um desfile de animais convertidos, e o Cristo dos animais levanta o braço direito como que a dizer Sigam esta mão, mas os burros não têm outra hipótese senão avançar em linha reta e sem enganos e tornam-se assim sensatos porque não erram e não erram porque têm medo de cair, e com medo de cair todos ficam espertos, e é isso que o Cristo dos animais ensina àqueles que lá no fundo da ravina observam maravilhados aquele desfile que parece um desfile militar de tal forma os burros vão direitinhos, sem enganos, e sem terem palas em redor da cabeça, lá de baixo parece um desfile de máquinas, de máquinas que não falham, e por isso tantos admiram este Cristo dos Animais que consegue meter bichos irrequietos de passo trôpego a avançar como se fossem equilibristas de circo a caminhar em cima de uma corda; é o medo, meus bons senhores, sem dúvida, que transforma a barafunda em precisão, os tropeços em passo certo — mas claro que há sempre o acidente e o acidente aqui vai: um dos burros do desfile militar coloca o pé no sítio errado, que é o sítio onde há o vazio, e nunca se deve colocar o pé num sítio que é nada, por isso ali vai o burro em queda livre, uma pata em falso é o suficiente para que as outras três patas a sigam, e isso porque o burro colocou todo o seu peso naquela pata que pousou em nada, e como confiou de mais nessa sua pata esquerda da frente ali vai ele, em queda enorme, e com isto o Cristo dos animais dá mais uma lição: se tens quatro patas deves distribuir o peso pelas quatro, de uma forma equilibrada e racional, não deves apenas confiar numa pata, não deves pensar que uma única pata te salvará, te manterá em equilíbrio, e eis uma lição moral: mantém-te sobre quatro patas, se és um animal não queiras ser humano, é isso que o Cristo dos Animais espera que seja entendido pelos outros animais que assistiram ao acidente, pelos que cá em baixo grunhem

**AVESTRUZ
O PAI
A MÃE
OS TRÊS MENINOS
HOSPÍCIO DOS ANIMAIS
O MALUCO
CABEÇA CONTRA O SOLO
TOUPEIRA, CANGURUS, MALUCOS
OLHOS VIRADOS PARA TRÁS
MESMO OS ANÕES**

o mundo e a História dos Homens contada 1, 2, 3, com a ordem de uma contabilidade de escritório e é isso que falta à História do Homem, um contabilista que conte pelos dedos da mão pelos dedos da família, que chame a família toda lá a casa e peça aos filhos e à mulher que levantem as mãos como se fossem malucos, as mãozinhas no ar e os dedos no ar para que o contabilista histórico, que não é velho, mas novo e forte, mas quer contar pelos dedos, quer provar que não está a enganar, quer contar pelos seus dedos e pelos dedos das pessoas que ama, como se estivesse de novo na escola primária a brincar às rodas, como quem faz rodas e rodadas: mãos no solo, uma, duas, e depois pés no ar, um, dois, e de novo direito no solo: a cabeça para cima, os pés para baixo, eis que de novo a História está com a cabeça no sítio certo: acima do coração e dos pés, uma História com cabeça, tronco e membros e o contabilista conta factos e põe os factos em ordem como se os factos fossem árvores e ele os distinguisse perfeitamente: um está ali, outro acolá, e um acaba antes de o outro começar, o contabilista em grande forma e agora pousou os documentos importantes, o livro de registos na mesa de carvalho, que bela mesa de madeira tem este homem, e pediu um intervalo à sua bela família, que ainda mantém — que estupidez! que inutilidade — ainda mantém as mãos no ar — é ele, o pai que assim exige —, os meninos coitados com os braços extenuados, mas o pai é assim: mãos no ar e só as baixam quando eu permitir, é preciso contar até ao fim; e o mundo avança com esta ordem antiga; e a avestruz é um animal que a mitologia pôs a andar de cabeça debaixo do solo, como se fosse maníaca, como se a avestruz fosse um animal instalado no HOSPÍCIO DOS ANIMAIS, ficou louca da cabeça e agora anda com essa parte louca do seu corpo que é a cabeça, anda com ela debaixo do solo; imagina por exemplo um homem que tivesse ficado tolinho devido a um choque mental ou psicológico ou físico ou devido à genética ou por causa dos factos ou das surpresas ou do imprevisível e que insistisse que a única maneira de andar no mundo era assim: com a cabeça debaixo do solo: imaginemos que o corpo se dobra todo, pés no chão, sim, mas costas completamente curvas e ali vai o maluquinho com a cabeça a tentar entrar para baixo do solo, não lhe basta encostar a testa ao chão, não lhe basta varrer as porcarias que os meninos e os homens mal-educados deixaram no chão, não quer fazer da sua cabeça uma vassoura, não quer limpar, quer espreitar para baixo da terra como se espreita para baixo das saias das meninas ou das raparigas, ou das mulheres, e ali está o maluco em primeiro lugar a querer abrir à força com a cabeça um buraco no solo, utiliza a cabeça como se não fosse dele, como se lhe fosse exterior, como se fosse uma ferramenta que ele encontrou no chão, o maluco; vejo em que estado está: até a sua cabeça é para ele um facto exterior, um objeto que alguém colocou acima dos seus pés, e isso foi um erro, pensa ele, porque a cabeça deveria andar debaixo dos pés, alguém deveria colocar aquele instrumento que fala por ele, alguém o deveria ter colocado no sítio certo; mas agora, como já é tarde e quem fez o mal já não está presente, ali vai o maluco a bater com a cabeça contra o chão, quer abrir um buraco no soalho e eis que não vai buscar picareta e utiliza a sua cabeça que não tem o formato adequado e por isso a cabeça sangra e falha; e o louco bate uma vez e com uma força tremenda contra o solo de madeira e a madeira não se mexe, estúpida e má e indiferente e neutra, a madeira não se mexe mesmo com uma cabeçada violenta, não mexe um centímetro a madeira enquanto a cabeça sente a pancada; só um lado perde e é isto que o maluco não percebe:

só um lado perde e esse lado é a sua cabeça que já está a sangrar e mesmo assim (e a doer) e mesmo assim ela não pára e vem uma segunda cabeçada e uma terceira — ele está assim, é preciso explicar a posição: como se estivesse a beber água diretamente do solo: de joelhos, com as costas curvadas sobre o solo, as mãos no chão e, depois, um movimento violentíssimo e rápido da cabeça do maluco, e ali vai outra pancada do homem que quer imitar a avestruz e viver com a cabeça debaixo da terra, como um telescópio invertido, enfia a cabeça dentro do soalho, um grande buraco que o maluco conseguiu à custa de sangue e dor, coisas que ele esquece porque agora finalmente está a ver o que existe debaixo do solo, e ele gostava de andar assim no mundo, de joelhos, de cócoras, avançando com os pés acima do solo e com a cabeça abaixo do solo, um vigilante que quer ver finalmente o que é importante porque o que é importante nunca está à vista de todos, está sempre escondido; e podemos fazer uma taxinomia de malucos: os que querem voar, os que querem andar muito rápido ou muito devagar, os que querem dar saltinhos como os cangurus, e os que querem espreitar para baixo da terra: entramos num compartimento em que estão agrupados como se fossem matéria e tivessem sido descarregados de uma camioneta como se descarrega areia ou outro material para as obras de um edifício, e ali estão concentrados, numa sala de trinta metros quadrados, dez ou quinze loucos que gostam de andar com a cabeça debaixo do solo, eis o que fez a boa da instituição, abriu os grandes buracos, fez um percurso de buracos e os malucos, alternando, ali vão enfiando a cabeça debaixo do solo e avançando depois com os pés a fazer força, o tronco todo deitado no chão, ali vão rastejando, mas um rastejar bem menos nobre que o das cobras porque a cobra avança com a cabeça uns centímetros acima do chão enquanto o maluco avança com a cabeça enfiada no buraco e avançando por aquela espécie de jardim invertido, e tudo de resto está invertido, à superfície quem vê este animal andar o que vê é isto: é um animal sem cabeça, este maluco, porque a cabeça está debaixo do solo: os olhos virados para trás, na direção dos seus pés, e por isso é assim que avança este menino, que tem dezasseis anos e ficou com esta pancada, com esta mania doida e tonta e inútil, e ali está ele, no hospício educado, a avançar com esta pesquisa subterrânea, com esta cabeça que quer ver o que não foi feito para o ser humano ver, e isto até pode ser um mito, se quiseres brincar às casinhas, um mito inverso ao do homem que quer voar e ver de cima ou ver o que está mais acima do que ele pode ver e aqui é o contrário: é alguém que quer ver o que não é feito para olhos humanos verem, e é assim que nas histórias antigas os homens ficam cegos por castigo, é por quererem espreitar para sítios que não são recomendáveis, para sítios que são feitos para serem vistos pelos animais e não pelos homens; e esta mania da grandeza que o homem tem faz com que ele exija ver tudo o que os animais vêem e ainda mais alguma coisa porque ele é homem e está, na sua taxinomia privada, bem colocado: exatamente colocado entre o solo e o céu, acima dos animais e mesmo mesmo abaixo dos deuses e dos mistérios ou de uma parte qualquer que existe lá em cima e nos dá ordens e por vezes faz cair chuva

**CÃO
ANIMAIS
URUBUS
BICHOS
O CRISTO
METAL
URUBUS**

é isto, uma armadilha. O cão de porte médio que é metido no meio da selva para ser desfeito pelos animais pelos urubus por todos os bichos mais fortes mais resistentes mais maldosos, ou seja, com mais fome ou com mais capacidade para exercerem o seu impulso de fome, esse cão médio ali está atirado para morrer, para ser despedaçado aos poucos pelos inúmeros animais cheios de apetite no meio da floresta negra, mas a questão é que o dono do cão, o Cristo que veio para ensinar coisas aos animais, fez algo e imprevisto: enfiou o cão, que foi atirado para o sacrifício, em armaduras metálicas; o cão está todo revestido por metal duro, das patas ao tronco, à cabeça, parece um soldado da idade média, apenas os olhos se podem ver e até a cauda está rodeada de metal — e por isso os animais que tiverem fome e raiva terão primeiro de comer o metal ou tirá-lo com força, e muita, porque o metal está bem seguro entre si, peças grossas de metal bem ligadas, não vai ser fácil despirem o cão antes de o devorarem e esta forma de dificultar o ato de despir de um animal lembra aquelas senhoras cheias de saias e espartilhos e armadilhas no vestuário que obrigavam dez homens ao mesmo tempo a trabalhos forçados para as conseguirem despir, estamos no mesmo âmbito só que aqui, na floresta negra, não há desejo dos animais selvagens pelo pobre cão, nada de excitação sexual nestas dentadas que tentam é certo devorar a carne do cão meigo mas só chegam à fronteira, à parte de metal; trata-se pois então de apetite e nenhum desejo, e o cão fraco torna-se meio forte devido ao metal, mas não totalmente imune e intocável porque aos poucos as bicadas dos urubus, que são sete, já os contámos, e os ataques dos dentes de outros animais com fome vão desfazendo as peças metálicas e basta uma das partes separar-se de outra para que fique um dorso de carne de cão à vista e é a partir desse buraco no metal, dessa exceção de carne no meio do metal, que os urubus e os outros animais maus — porque têm fome — vão atacar o cão, e havendo um naco do corpo do cão à vista, já desprotegido do metal, aí já nada há a fazer: o cão em pouco tempo será desfeito, comido por fora e por dentro, paz à sua alma, paz aliás à sua armadura de metal, que fez o que pôde, mas nem o metal bem organizado resiste a urubus, sete, e com fome — para além de outros aliados maus

O CRISTO DOS ANIMAIS
AS DUAS DIREÇÕES

um homem vigia as duas direções e o seu modo de vigiar é este: está debruçado sobre o papel a tentar resolver um problema de números e letras. E é evidente que isso não é uma forma racional de vigiar as duas direções, pelo contrário, de cabeça baixa, de olhos inclinados sobre o papel, o homem não vigia nenhuma direção a não ser que se considere que o próprio cérebro humano tem caminhos e são esses caminhos que ele quer vigiar.

Mas, de facto, não; ele foi contratado pelo Cristo dos animais para vigiar as duas direções.

E a expressão foi esta e nada foi acrescentado ou explicado: vigiar as duas direções. E assim o homem

foi pago para isso; e mesmo que não tenha compreendido aquilo para que foi pago, aceitou o dinheiro e agora ali está ele, já com o dinheiro que foi adiantado no bolso, a vigiar as duas direções.
Mas que duas direções são essas? A esquerda e a direita, a de cima para baixo e a de baixo para cima? Como saber? E ele não sabe e por isso distrai-se resolvendo palavras cruzadas. Claro que a encomenda era clara: deves vigiar as duas direções. E para um Cristo, mesmo que seja o Cristo dos animais, só há duas direções, de cima para baixo — o que cai do céu — e de baixo para cima, o que sobe ao céu. E, de facto, o homem que foi contratado para vigiar as duas direções não vigia nada, pelo contrário, aproveita o tempo para estudar, para aprender a resolver um certo problema e a questão é esta: vigiar nada tem que ver com a inteligência. E este é um erro que muitos cometem, pedem-lhes para vigiar as duas direções e eles não vigiam as duas direções; pelo contrário, tentam durante esse tempo ser mais sensatos e por isso são castigados, Cristo quer apenas que os homens vigiem as duas direções

MORTOS
PRAÇA CENTRAL
POMBOS
ANIMAIS NOJENTOS

sim, também há isto: por vezes não cobrem os mortos e deixam-nos estar ali na praça central a ser devorados lentamente pelas pombas e agora as velhas da cidade já não precisam de trazer milho porque estes animais nojentos já têm comida suficiente para um século inteiro e para as gerações seguintes, os pássaros já têm comida para dez gerações e neste paraíso para dez gerações de pássaros em que se transformou a praça central da cidade já não se vêem pessoas vivas há muito tempo e o relógio da cidade, ou melhor, as peças metálicas de que eram compostos os ponteiros do relógio estão a apodrecer não por razões lindas e fortes mas por razões um pouco miseráveis: objetivamente são as fezes dos pombos que estão a deitar abaixo o ponteiro dos minutos que já deixou cair uma parte grande de si próprio, uma parte do braço amputado, o mesmo com o ponteiro dos segundos; e se as fezes dos pombos estão a derrubar, aos poucos, o tempo que dominava os seres humanos é porque a vida e a natureza não são elementos assim tão mansos e os homens, no seu conjunto, devem mudar a ideia errada que têm sobre estes elementos naturais. Mas como há muito não há homens naquela praça, senão os restos de homens que os pássaros devoram, ninguém humano está ali para aprender algo com a degradação do relógio da praça central e com as fezes dos pombos e por isso as novas gerações de humanos cometerão os mesmos erros de avaliação e pensarão sempre que os pombos e outros pássaros repelentes são animais feitos para as suas espingardas certeiras ou para a compaixão das velhas que sempre existem nas praças antigas

VENTOS DO MAL
CASAL DE CÃES
CASAL DE CAVALOS, DE VACAS, DE GIRAFAS, DE IGUANAS
OS MALUCOS

nos ventos do mal nada é deixado de fora para as crianças; no aquário em que elas brincam o vento bate primeiro nos vidros toc toc ameaçando ser bonzinho e materno e trazer comida, mas claro que não é assim, e rapidamente o vento faz o que nenhuma decisão humana consegue, parte o vidro que não há e nos meninos insinua-se nos ouvidos uma lição doente, que entra pela orelha direita nas crianças mais sortudas, e pelo ouvido esquerdo nas crianças mais azaradas, que por isso mesmo ficam surdas, só ouvem do lado direito, só entendem as palavras que vêm de cima, e há agora helicópteros em redor da praça com altifalantes a anunciar o que devem fazer os meninos para crescer e como as palavras vêm de cima os que estão surdos do ouvido esquerdo percebem, e se não há anjos há máquinas que voam e organizam o espaço aéreo sagrado e mecânico, o que é uma combinação inaceitável para um general que quer levantar o braço, mas não consegue, tem os braços presos atrás das costas, dizem que as meninas há alguns séculos dormiam com os braços presos para evitar a masturbação, não se trata disso, claro, mas evitar os gestos de quem é muito poderoso pode impedir danos; há um pessimista atirado no último instante para a arca de Noé, vão os animais todos, fêmea e macho e no último instante o último passageiro, o pessimismo, que não precisa de animal de sexo oposto para se multiplicar, o pessimismo entra no casal de cães, no casal de cavalos, de vacas, de girafas, de iguanas, é o pessimismo que entra depois nas máquinas, entra na relojoaria, nas máquinas simples e nas de grandes dimensões, todas as máquinas a funcionar com o seu pessimismo, funcionam, não param, não avariam, são até muito eficazes mas têm dentro delas esse pessimismo que alguém atirou no último momento para dentro da arca de Noé, e nada há a fazer, estamos neste século, molhamos os pés na bela água, fazemos um café, insultamos quem passa na rua, tropeçamos nas palavras porque há medicamentos a mais no caminho entre o cérebro e a boca que fala, eles não percebem que os queremos matar e as crianças são tão parvas que se aproximam quando as ameaçamos e pensaM QUE NÃO SOMOS ESTRANGEIROS E ABREM A PORTA, os dois meninos entram, levantas a tampa do caldeirão mas não estás num livro de fadas, abres o livro que relata as atrocidades exatas e bem planeadas dos fornos de A-B (Auschwitz-B 9), as duas primeiras letras do alfabeto, pões os dois meninos, atiras os dois meninos para dentro dessas páginas, das páginas onde estão as plantas dos fornos crematórios encomendados à distinta empresa Topf, mas os meninos não são como insetos que possam morrer numa armadilha entre duas páginas, um livro fechado com força não fecha dois meninos lá dentro nem os mata, não se trata de incinerar os vivos do século xxi, não há livros assim tão poderosos, por isso o hospedeiro decide contar histórias às crianças, e começa assim 1, 2, 3 e antes do século xx o número Zero, o verdadeiro número 0 ainda não tinha sido inventado, um homem ataca na parte da frente do seu corpo, sofre na parte de trás, e esta divisão em dois assusta, torna um homem esquizofrénico, a dividir por dois, retalhado, uma folha em dois, depois em quatro, em 8, em 16, assim vai o teu mundo, estás tão dobrado que queres falar e não se percebe, dizem que é assim que atuam os medicamentos sobre o teu corpo ou, mais precisamente, sobre a área de ataque que vai da tua cabeça ao teu pescoço, os medicamentos atuam como quem dobra essa parte alta do corpo em vários bocados, 2, 4, 8, 16, a cabeça toda dobrada sobre si própria e por isso queres falar e a língua enrola-se, eis pois que bom é este hospício que te dobra a cabeça em dezasseis, há outros medicamentos bem mais potentes que dobram a cabeça em 32 e 64 e há mesmo quem depois de atingir números altos diga ámen, e os padres avançam quando a cabeça já está tão dobrada sobre si própria que já não se entendem os números, como uma criança que já soubesse escrever perfeitamente mas não fosse capaz de escrever o número zero, desço as escadas entro no meio da multidão, esta faz uma roda em meu redor, estou no centro e começo a falar, eles não entendem uma palavra, explico eu ou explica o meu médico que a minha cabeça está dividida em 32 partes e esta boa medicação faz com que o meu discurso não funcione de uma forma perfeita, mas quem me rodeia não se importa demasiado com o conteúdo, gosta da forma como bracejo, tenho bons gestos, grito de uma forma tremenda e aqui vou eu já no topo, levado em ombros, a multidão chama-me um nome glorioso e estou contente mesmo quando me atiram para o rio, aqui estou eu encharcado, perdido, a chamar uma pessoa que passa, ali está ela, com medo de mim, parece querer fugir e eu falo com a língua toda enrolada, também devem os medicamentos fazer isto à língua, dobrá-la em dois, em quatro, em dezasseis, fazem da língua um avião como fazem com uma folha de papel mas a minha língua não voa e eu só quero saber como se regressa a casa, é isso que pergunto na minha língua dividida em 32, como é que se entende uma palavra que está dividida em muitos bocados, ninguém entende, fogem de mim, não encontro o caminho de regresso a casa porque não tenho língua, perdi-a, está partida em 32 bocados, sempre posso gritar, mas prefiro chamar alguém com a mão, não abrir a boca para não o assustar e depois tenho um mapa e o mapa não está dividido em muitas partes, posso fazer um avião deste mapa que pode salvar mas os meus dedos também já perderam habilidade, tremem com a parte de cima dos comprimidos, pés e mãos em tremuras constantes quase parecem equilibradas e claro que não são a parte de cima do comprimido e a parte de baixo do comprimido as responsáveis pelas tremuras respectivamente dos pés e das mãos, porque a medicação tem esta particularidade, não tem forma humana como alguns biscoitos estúpidos em que devoramos a cabeça de um homem, o tronco de um homem e as suas pernas; a medicação é bem diferente, atiram as formas para os elementos geométricos; os medicamentos são quadrados, mas é raro, o mais normal é serem esféricos, pequenas bolas, ou retangulares, ou de formas meio loucas, o certo é que ninguém se atreveu até agora a dar ao menino medicação com forma humana e por isso não há parte de cima nem parte de baixo de um medicamento, tudo é cima e baixo, e é isso que nos faz ainda mais malucos, não sabermos como orientar dois comprimidos que temos à nossa frente na mesa, como colocar para cima ou para baixo ou para a esquerda ou para a direita, e no mundo em que não há alto ou baixo ou esquerda e direita, nesse mundo tudo é perigoso e é por isso que estamos perdidos diante de um comprimido que está em cima da mesa, estamos perdidos como se estivéssemos no meio de uma floresta, exatamente da mesma forma, não sabemos o que é o alto o baixo o direito o esquerdo, onde se põe o sol e por isso é que gritamos diante dos comprimidos loucos da mesma maneira que gritamos quando estamos perdidos e não sabemos o caminho e somos pequenos e de qualquer maneira aqui estou eu a ser levado para o cinema juntamente com uma procissão de outros malucos, autistas, homens que coxeiam e falam inglês alemão italiano, a coisa vai, uma procissão de doidos, e à nossa passagem ouvem-se palmas como se fôssemos artistas ou um desfile de crianças no carnaval, os velhinhos gostam sempre de ver passar as crianças e os malucos; riem-se com as crianças e com os malucos ficam com muita pena, por vezes dão esmola aos malucos como se os malucos ficassem bons com uma nota ou umas moedas, mas a coisa não é assim tão simples, o maluco continua exatamente maluco e com uma moeda na mão ri-se mais, claro, mas rapidamente estraga o dinheiro em bolos ou a atirar o dinheiro para dentro da grelha de esgotos da rua, a professora que nunca bate a um maluquinho se vê o maluquinho a atirar a moeda pela grelha dos esgotos, aí sim, perde as estribeiras e dá um sonoro estalo ao maluquinho e assim todos percebem os limites da maluquice, a professora ensina os meninos e os malucos aprendem e tudo está perfeito neste belo dia de sol, lisboa, abril 2011, ámen.

**LATRINAS
MARTELO
BIGORNA**

Tens a chave das latrinas e tal é suficiente para teres o domínio da casa e aí começa a tua ambição que vai até ao centro da cidade, dá a volta e bate depois a cabeça contra a parede, uma ambição-martelo, bigorna, que quer partir o que está à frente, quer abrir uma passagem onde há uma parede, ou melhor, onde há uma passagem antiga, velha de mais, que se pensava já não poder ser usada

**HOSPITAL
MANADA DE LOBOS
ANIMAIS CHEIOS DE APETITE
VINTE URUBUS**

aqui vou eu dedicado à queda como alguém se dedica a cantar ou a construir, não percebo o que fiz, estou metade irritado, estou a planear uma ação paranóica, entro pela sala de hospital com uma manada de lobos, gosto da palavra manada e mando cada lobo atrás de cada médico, cada um com o seu apetite bem treinado desde há semanas, e trata-se de treinar a grande fome do lobo para disseminar depois a peste pelas paredes do hospital, aqui vão os meninos maus que foram transformados em lobos com três ou quatro lições no sítio certo porque as lições são como balas bem ensinadas, no sítio certo o corpo reage e ataca, os lobos estão invejosos e entram na enfermaria e entornam os frascos, deitam abaixo as marquesas, atacam os doentes mais desprotegidos, de resto não apenas lobos, também hienas foram trazidas em camionetas do Estado e outros animais, uns mais terríveis outros apenas nojentos, iguanas, lagartos estranhos, mas há animais cheios de apetite, vinte urubus trazidos diretamente de um país amigo e tudo atirado para dentro do hospital, as portas estão fechadas, ninguém sai daqui antes de passar pelo bom apetite dos animais trazidos em camionetas de humanos, os animais entendem-se com os bancos e as cadeiras humanas como podem, as formas dos animais, a sua anatomia adapta-se a tudo e agora têm a recompensa para um certo desconforto no transporte, cá estão eles, fechados num hospital com alguns médicos, homens e mulheres saudáveis que se podem defender, mas também fechados com muitos doentes, uns acamados, outros velhíssimos, que mal podem mexer as pálpebras, e há quem diga que os médicos fortes se esconderam todos na mesma sala, estão fechados à chave, deixaram os seus doentes do lado de fora não por maldade mas por pressa e a pressa sempre foi maldosa, e os doentes estão fora desse compartimento de segurança e tal parece injusto: os doentes têm animais que os querem comer e atacar e atacam as pernas e a cabeça, atacam por cima e por baixo, enquanto os homens que dentro do hospital ainda têm força estão todos fechados, cheios de medo, atrás da porta, claro que há sempre quem se queira revoltar com o mundo e com a forma como este vai matando os mais fracos e ali está um senhor cheio de coragem com uma espingarda na mão a avançar pelos corredores do hospital, vai atirando em direção aos lobos, e um já ele matou, e vai atirando também em direção aos urubus, não acerta, o desastrado, mas ali está ele, o único que pegou numa arma, a fazer pontaria aos pombos, que maravilha, até há pombos, milhares nos corredores dos hospitais, e o desastrado do herói entretém-se a matar pombos quando estes não comem ninguém, trata-se de outro assunto, mas o atirador ainda não percebeu, atira finalmente uma bala para um urubu e acerta mas não mata, pior que tudo: acertar e não matar, todos os malucos o sabem, e agora o urubu vai atacar tudo o que mexa e não seja animal, e é também isto um pouco que espanta, ali os urubus atacam só o que é humano e também os lobos fazem isso: só atacam aquilo que não é animal, que estranho; e de qualquer maneira o herói está agora a fugir e a tremer de medo e tenta bater à porta para que alguém abra porque já não tem balas e há ainda muito lobo e o urubu ferido que não esqueceu a cara do herói e outros bichos cheios de fome e raiva e ali está ele, do lado de fora, do lado onde estão os malucos os doentes e os velhos e ninguém do outro lado lhe abre a porta porque têm medo de que com o herói entrem lobos e bichos maus e urubus e assim a história acaba mal, mas há outros países outras cidades, um hospital constrói-se em poucos meses, se necessário, deus é grande, os lobos são muitos, os médicos assobiam e cantam para esquecer o medo e talvez venha ajuda do céu pois Cristo está atento a tudo, até a um hospital como este, que fica atrás de um amplo jardim, num bairro pouco frequentado da cidade, há quem reze de joelhos, há quem reze de pé, há quem mande calar as rezas porque quer ouvir o barulho que sai do focinho dos lobos para perceber se eles estão do outro lado da porta e claro que sim, já se sabe, quando abres a porta a pensar que é Cristo que ali está para te salvar quem ali está afinal é a manada de lobos que te vai comer porque tem fome, não é nada de pessoal

CABEÇA ALEMÃ
CABEÇA INGLESA
CABEÇA AFRICANA
ESQUIZOFRENIA CURADA
O MESMO ANIMAL

um calendário na mão e tentas orientar-te na cidade e não é essa a forma, não é esse o instrumento; estás na floresta e conduzes o teu corpo como se ele fosse um veículo, uma coisa móvel, sem motor, a quem dizes: agora esquerda e depois direita; essa incapacidade de a floresta deixar que avances em linha reta, és obrigado ao desvio, o desvio torna-se norma, dizes belos nomes tentando com isso ganhar orientação, encantar os arbustos que são iguais entre si, torná-los diferentes pelo que dizes; mas belos nomes em voz alta não substituem o sentido de orientação ou a bússola, é preciso arriscar: ele faz um desenho por cima do calendário, mês de março e uma cabeça alemã por cima, mês de abril e uma cabeça inglesa por cima, mês de maio e uma cabeça africana por cima. Ele perde a posse da velocidade, são os outros agora que correm ao seu lado com a sua velocidade, roubaram-lhe as qualidades físicas como se roubam objetos, é assim que o velho olha para os novos, passam ao seu lado como quem já pertence a uma outra espécie humana, aquela espécie que amanhã ainda estará viva; o velho não, baixa a cabeça, está diante de um buraco, escava mais o buraco, fica um buraco gigante, deixa-se cair nele, ali está, excelente, a queda está feita — é preciso fazer a queda como se faz uma casa —, é uma construção, a queda, não é um desastre um acidente uma distração, a queda é um acontecimento para levar a sério e o homem velho faz isso: leva a sério a sua queda, foi ele que com a pá escavou o que havia para escavar, alargou um buraco mínimo do tamanho de uma agulha e com esforço e persistência transformou o buraco mínimo numa fenda onde cabe um velho, tem o seu tamanho, aquele buraco, como se fosse uma peça de roupa, como se o velho estivesse a escolher a medida da roupa certa, eis o que ele faz: escava o buraco para onde vai cair, por onde o seu corpo desaparecerá, os seus filhos estão atentos, deixam o velho pai fazer o que quer, abre o buraco, está cansado, pode já morrer por uma falha preguiçosa do coração, uma recusa de trabalho interno e orgânico, mas prefere a queda, é nela que trabalha há muitos anos, encontrou o sítio, deixa-se cair, os filhos vão lá, ele despede-se, os filhos cumprem a promessa, pegam nas pás, começam a encher de terra o buraco, por cima do corpo do pai, assim se enterra o homem esquizofrénico, uma lição, uma receita, uma prescrição médica: nada de medicação ou operações dolorosas: atirar o velho para o fundo do buraco, encher o buraco com terra, a esquizofrenia está curada, na placa que recorda o nome do velho ali está a pauta da música que ele cantarolava nos últimos anos, que quem saiba ler pautas de música cante quando passar por esta sepultura, que quem não saiba ler uma pauta veja a pauta como um desenho, há quem confunda sons com palavras e ponha a mão no coração e faça um juramento, uma criança é batizada com terra por cima da cabeça, os homens fortes batizados com terra, os fracos com água, dobramos um homem e uma mulher, um sobre o outro, estavam apaixonados, foi fácil, dobrados e cortados aos bocadinhos são dados aos animais, que o mesmo animal coma os dois apaixonados

**MULHER
ÁRVORE
TERRA ESCURA**

nada que te deva encantar, uma mulher cai de uma árvore e dizem que tudo aconteceu porque ela era velha de mais; abre-se uma vaga no lado escuro e é para lá que é atirado este corpo, terra por cima, terra negra do solo mais alto, uma negrura compacta, sem falhas; estamos em 2011, levanto a cabeça

**UM ESPECIALISTA MORAL
A CRUZ
PERDA DE MEMÓRIA
FUGIR, CRESCER**

está um homem a raspar o indefinido e em três anos nem um passo em frente, tudo na mesma com o objeto que merece a tua atenção, um especialista moral faz o sinal da cruz por cima de um espaço geográfico, tem um mapa pousado sobre a mesa, um mapa que representa uma extensão de milhares de quilómetros quadrados, e o gesto moral feito no ar, que substitui o céu, nesse céu mais baixo, portanto, que é o ar à frente de um homem, o profissional da moral faz primeiro um traço na vertical, invisível mas claro, sem deixar coisa real ou vestígio mas que ninguém esquece, e depois desse traço longo na vertical, aqui vai um traço na horizontal, um traço no mesmo ar, no mesmo céu baixo que está à frente do nariz — tudo é céu quando se é crente, desde a erva até às nuvens, até ao fundo do cimo, até ao fundo do alto, tudo é céu, um centímetro acima do solo e já é céu, e então o sinal horizontal é feito e percebe-se que foi desenhado com os gestos uma cruz e essa cruz foi feita por cima não de um bebé que chora ou de alguém que está prestes a morrer ou de alguém que se confessou, mas de um mapa, abençoada está esta geografia, os montes ficaram debaixo da cruz, abençoados estão os montes, um rio inteiro ficou debaixo da cruz, milhões de habitantes que provavelmente tentavam esconder-se desta tempestade provocada pelos gestos santos, esses milhões de pessoas que tentavam esconder-se atrás da montanha, outros que se atiraram à água e tentaram nadar para longe, outros que no rio mergulharam tentando ficar submersos o tempo suficiente para que a mão, que abençoa o mapa e aquela geografia inteira, passasse e não os incomodasse, eis que muitos tentaram e nenhum conseguiu pois o gesto que fez a cruz por cima do mapa foi um gesto tão lento e que demorou tanto tempo a ir do mapa ao local real que todos os homens, mesmo os que se esconderam nos montes, mesmo os que se esconderam debaixo da água, foram apanhados, isto é, abençoados, ficaram cristãos, desde o cabelo aos pés, ninguém conseguirá tirar a cruz do corpo deles porque não há nenhum traço evidente, não foi utilizada tinta nem lâmina, nada ficou marcado e visível e por isso é mais difícil, é até impossível tirar essa marca, remover algo que não se vê, uma marca que não foi feita com nenhum instrumento, não há antídoto capaz de apagar um gesto que foi traçado com a mão no ar, um gesto que marcou nada no nada, nada no ar que não guarda mas não esquece, e contra um símbolo ou um gesto que viste ser feito e que recordas nada podes fazer; e não foi só a população, também os animais, as ervas, as plantas, a água, tudo ficou debaixo de cristo, todos os animais se converteram, todos os animais ficaram debaixo daquela cruz, nem os animais conseguiram escapar a tempo àquela bendição tão boa, e por isso agora, já que não há instrumento capaz de apagar, só resta a perda da memória, os acidentes que provoquem a queda de um animal de uma ribanceira abaixo e que o animal continue vivo mas sem cabeça e sem memória e há também, além dos acidentes, isto: que os homens cheguem a velhos e recebam as doenças que fazem esquecer, a perda da memória é a única hipótese de resgatar, de salvar da salvação aqueles homens, aqueles animais, aquele solo agora sagrado e que antes só servia de suporte a patas e pés para que os corpos não caíssem e servia de suporte às plantas e a outros familiares para que estes tivessem um ponto a partir do qual se pudessem erguer, eis pois as duas funções do solo: não deixar cair e permitir que sobre ele algo cresça, e assim os homens e também os animais nas suas diferentes fases: no início exigimos ao solo que seja a plataforma onde pousamos os pés para crescer, mas depois crescemos e, em pouco tempo, já queremos fugir e não subir e depois já só queremos não cair, exigimos ao solo que não nos deixe cair, que pelo menos isso, que por favor isso, que rezo ao deus que quiserem para isso, que o solo não te deixe cair e já é bom, porque ao ar não te podes agarrar mesmo quando nesse ar está meio escondido um gesto de cruz que foi feito para abençoar, mas falhou

**FINAL DE SÉCULO
OLHOS
PÉS**

no final do século, os homens sem se mexerem aproximam-se de um limite e por isso há muitos que escondem a cabeça debaixo de um barruço que lhes tapa as orelhas e parte dos olhos, há mesmo quem se tape por completo e finja ser cego e assim entre no novo século com uma venda nos olhos para não ver de mais porque é nisto que acredita este homem que agora se levantou e quer fazer a pergunta a deus, que não está, saiu há muito, e acredita-se então que quem entra com os olhos bem abertos, bem atentos, bem esbugalhados, que quem entrar com esses olhos de caçador no novo século ficará doente em poucas semanas, primeiro perderá um olho, depois o outro, depois os órgãos mais essenciais e morrerá defunto será louvado mas também criticado porque é nisso que se acredita, que o final do século é uma luz que não foi feita para ser vista por olhos humanos, e então no final do século deves baixar a cabeça como os humildes, e não querer ver, olhar para os teus próprios pés e já é bom

CIDADE
FLORESTA
CIDADE

um cérebro que, de entre quatro mil imagens, escolhe uma — um homem que se suicida atirando-se não contra o solo a partir de um ponto alto, mas contra uma imagem, como se a imagem fosse um comboio que vem a grande velocidade, mas a imagem não é uma matéria que ocupe espaço, não falamos de um painel publicitário que exista na rua da cidade, falamos da imagem que esse homem que caminha sozinho à noite tem na cabeça enquanto os seus passos medrosos parecem medir a distância que vai da sua casa, de onde fugiu, até um sítio onde sentirá medo, que é longe e não tem nome sequer, é um sítio onde devoram homens com os sustos e as ameaças e o nada que existe em volta, e esse homem que mede o mundo com os seus passos medrosos, uma forma de medir que treme, uma forma de medir que falha, que é errada, que não tem solução, que é um medir de louco, essa forma de medir de quem foge de casa, que mede a sua corrida e o desespero pela distância que vai do ponto onde está ao ponto onde o protegiam — marcas o centro do sítio onde te sentes protegido e depois é correr o mais possível como se fosses um comboio, afastas-te para outra cidade ou, melhor, não queres fugir de uma cidade para outra, não é assim que te consegues esconder, queres fugir de uma cidade para a floresta de outra cidade — não se foge para outra cidade, mas para outra floresta, e aquele homem que se suicida atirando o corpo contra uma imagem que tem no seu cérebro, uma imagem que foi ganhando altura, andaimes, uma imagem que foi sendo construída como se constroem arranha-céus, dez anos para construir uma imagem forte no meio da cabeça, como uma estaca, dez anos na cabeça essa imagem, para agora o homem, fora de casa, duas vezes fora de casa porque está fora de casa e à noite, ali vai o homem, duas vezes fora de casa, a querer atirar-se contra a imagem que tem na cabeça, e esse é o mais belo suicídio — caíres de vinte andares é fácil, mas magoares-te porque deixas cair o teu corpo sobre uma imagem que existe naquilo que pensas, eis o que é bem difícil e só o acertado desespero consegue

DEZ MIL PRAGAS

escrevo no papel dez mil pragas e amarroto o papel e queimo o papel com o fósforo ao ar livre, em pleno sol forte, e as pragas vão para o ar e é assim que as cidades são amaldiçoadas por quem não tem canhões nem armas automáticas, posso disparar para o ar mas não mato o ar mas sim um ponto minúsculo do ar da cidade, enquanto com as pragas escritas em papel e queimadas ao ar livre posso mandar os insultos, as calúnias, as ameaças para um ponto que não é concreto, para um ponto que não é ponto, mas espaço, enviar as ameaças não para um local da geografia, mas para um movimento e só assim a ameaça avança e ocupa espaço e é forte.

**CARROÇA DE CABEÇA PARA BAIXO
O TAHAKE
ELEGÂNCIA E ENERGIA
O ESTADO
SIM E NÃO**

uma mulher aproxima-se de uma carroça abandonada que está de cabeça para baixo — supondo que a carroça tem cabeça —, sem cavalos, sem nada, vazia e em naufrágio, plano inclinado, a cabeça contra a terra. Mas a carroça não é um animal, não tem organismo, não há pulsões, cabeça a proteger ou medo, sem estômago não podes provar que tem medo e a carroça está fora dessa competição de medricas que é a competição entre seres vivos; nada disso: objeto sem expectativas, sem excitação mínima como até a água parada tem, repara num lago, aqui não se trata disso, trata-se sim de carroça de cabeça para baixo; há muitas aves que não voam, o Tahake, por exemplo, ave da nova Zelândia, deixaram de precisar de voar e agora estão aí, na terra, enquanto aves pelo seu organismo e passado, enquanto simples andantes, agora, hoje, pelo seu desejo e anatomia; e se a ave se reduz à marcha pé ante pé tipo bailarina podemos louvar a sua elegância: mas perder força e potência para ganhar elegância parece troca má, errada, falhada. Caminhar menos porque mais elegante o passo, eis como se desperdiça energia, como se atira energia pela janela fora exatamente como se atira água de um balde e se desperdiça essa água tão necessária; não desperdices energia perdendo a capacidade de fugir e atacar só para seres mais estético, mais admirado, como se o mundo fosse uma competição de bailarinas e não o que é: é isto: uma guerra, uma luta, tens dentes, eu tenho dentes, estamos prontos: tu dás-me a dentada aqui e levas-me um braço, e eu respondo com uma dentada aí e levo-te uma perna, e a luta e estar vivo é isto: luta, sim, e nunca resultados simétricos e harmoniosos, que a existência não é isso; braço contra perna e não braço contra braço exatamente igual, até porque o exatamente igual não existe na vida normal que existe no mundo, só existe no desenho perfeito e ninguém foi assim tão bom desenhador que tenha conseguido colocar dois organismos iguais no mundo; e é isso: valorizar a indústria, a fabricação em série, e não se trata de fazer fisionomias idênticas, aos milhares, não se trata de medir com régua as pernas e braços e fazer destes membros uma função que se repete, trata-se, sim, de tentar fazer um ódio em série, uma excitação sexual em série, uma forma de sentir medo que seja igual em cem mil homens, essa a dificuldade da fábrica necessária, a fábrica demente; pensar que as leis a ordem e os bons conselhos do Estado são muitas vezes, em última análise, expressos por corezinhas, o verde, amarelo, vermelho; no fundo, um país diz para a velha avançar e atravessar a estrada através de uma cor, e esta forma de evitar a linguagem e substituir a ordem pela estética colorida é um comportamento de maluco e o teu Estado ou é internado num hospício ou somos nós que não entendemos as mais belas formas de uma lei dizer sim ou não, sim e não

EXCITAÇÃO ANIMALESCA

aproveitemos os animais sim, a forma ingénua como são seduzidos, aproveitemos a excitação animalesca para trabalhar o mundo, consertar o que está mal, os ferros, os pregos, a falta de buracos no chão, a falta de buracos no vasto mundo que nos impede de espreitar através do escuro por exemplo e ver o outro lado onde as coisas realmente importantes festejam e se embebedam, estamos no mundo para crescer como as plantas, qualquer uma cresce, e para sermos animais como qualquer animal, não estamos aqui para ser homens senão quando discutimos, quando o pé do outro nos pisa e essa pisadela vem com um discurso — a forma como este animal inteligente argumenta tudo, esqueceu o combate direto; dispara sobre o outro, maltrata o outro como o outro te maltratou, tudo está equilibrado ou à procura ou à espera; há os preguiçosos e há os de boa vontade, boa coragem e músculos, que assumem que a força não é uma coisa que vem, mas uma coisa que se faz; como artesanato

**ANIMAL MALUCO
ESQUIZOFRENIA
ROER A PERNA DAS MESAS
PARECE DE RATO**

trouxeram um animal sagrado e puseram-no em cima da maca porque há quem fale em esquizofrenia, em perda de lucidez e tal deve ser investigado no sítio certo. O animal maluco é bem mais perigoso que o ser humano que perde a sensatez, um animal louco é capaz de se pôr a morder e certos maluquinhos do hospício fazem o mesmo e portanto isto é assim: os animais copiam os homens malucos, depois os homens saudáveis entram no zoológico e copiam os gestos dos animais que copiaram os gestos das pessoas malucas e tudo, no fim, fica a quatro patas, os humanos mordem-se uns aos outros e roem a perna das mesas, está tudo baixo, tudo curvado, tudo a quatro patas, todos os animais, incluindo as gentes de qualquer língua, são obrigados às quatro patas e há no mundo como que uma descida geral, todos passam debaixo das mesas, que deixam de ser sítios para pousar objetos e passam a ser abrigos. Claro que não vão ao ponto de simularem ser répteis, mas dá um certo nojo, uma certa incapacidade para compreender, ver homens a morder a torre, a base da torre, e é por isso que essa torre está assim tão inclinada, ameaçando cair: é que os homens a quatro patas roeram, durante anos, os alicerces dessa torre, escavaram com a boca o solo em redor e agora roem com a dentuça os pilares, e os dentes estragam-se, os homens morrem: mas gerações após gerações de homens-roedores e a torre começa a ceder, a inclinar-se para o solo quando se deveria inclinar para o céu, esta espécie de homo sapiens roedor inventou também uma outra língua, que ouvida a dez metros de distância parece de rato, mas não é — é uma língua bem humana

**PEDIR UMA QUEDA
RÉPTIL
DESAJEITADO
ÁMEN**

e sim, vamos avançar. O belo banquete preparado, as velas e nenhuma eletricidade se excetuarmos a que existe no chão e é mau existir no chão aquilo que ilumina, como se só os pés tivessem direito a ter o caminho lúcido e, para o resto do corpo, para as mãos, para a cabeça, para as pernas, tudo fosse escuro e impenetrável, de qualquer maneira faz com que rastejemos assim, por cegueira que percebe porque sente e assusta-se com os pequenos sobressaltos do solo e estamos encostados ao solo e já que aqui chegámos queríamos pelo menos poder cair, é isso que pedimos, levantamos o braço como se estivéssemos num restaurante de perversos e pudéssemos pedir uma queda como quem pede água, uma queda!, e quem está neste estabelecimento a que chamamos mundo está aqui para nos servir na maldade e apressa-se a corresponder ao nosso pedido, já que estamos aqui e chegámos aqui abaixo, que se abra ainda mais um buraco e que o corpo vá até ao sítio onde as pessoas já não se levantam. Levanto o braço enquanto posso, levanto a cabeça como um réptil desajeitado faz, e assim em forma de rastejo lá avanço para aquilo que me atrai sem eu perceber porquê. Não se trata de cair porque se tem de cair devido a uma lei geral do mundo, trata-se de cair por ordem individual, por um animal estar excitado; sem excitação ou desejo nem uma queda existiria no mundo, é o que me parece, ámen

METRO
PSICANALISTA
CAVALO
MARTELO
OLHOS TORTOS DO VELHO

e, por momentos, tudo é rápido: até o metro que não pára na estação em que devia parar e há homens que gritam e protestam, mas sim, como explicar tudo?, até os motores entendem, o comboio quer fugir, escapar-se dali e acelerar como um maluco, como um animal maluco que só pudesse andar em linha reta, animal menor, animal fraco e estúpido e pior que coxo; pois pior que ser lento é só conseguir andar em linha reta, mas o facto é que os metros e os comboios se habituaram a isso, a confundir caminho com moral, e avançam em linha reta como se fossem uma máquina moral e não por exemplo um helicóptero louco que não sabe em que direção vai, uma borboleta bêbada;

é inaceitável para qualquer mecânico, para qualquer engenheiro, que uma máquina se movimente no ar como um animal desorientado ou preguiçoso ou com tempo para tudo pois as máquinas são animais que não têm tempo, não são feitas para passeios, mas para avançar em linha reta como alguém que obedece a uma ordem, e de facto é isto: esta máquina que avança sem virar a cabeça para o lado, sem ser tentada por desvios e outros caminhos, esta máquina é afinal um animal bem-comportado, um animal que escuta uma ordem e segue em linha reta como uma galinha lúcida — e nem todos os animais são galinhas, há felizmente outras espécies, e o animal pode também ser definido como aquela máquina que gosta de desvios, o animal é feito, existe, foi posto por deus no mundo para se desviar; para ser imoral pelos caminhos, para nunca seguir em linha reta, e as máquinas foram postas pelos humanos para não se desviarem — e há aqui um conflito entre o animal astuto e a máquina rápida e por isso mesmo é que ninguém persegue um animal ou um criminoso entrando para a casa das máquinas de um comboio como já tantos escreveram e sabem, ninguém persegue outro pela linha de metro: a perseguição dos animais imprevistos e dos criminosos, que são outro tipo de animais imprevisíveis, tal perseguição requer um cavalo, cães e outros animais, quando o mundo foge dos carris que o bom e moral engenheiro mandou fazer só nos restam os cavalos e outros seres animalescos: montas se necessário em cima do centauro e pedes ao animal mitológico que persiga um criminoso real; e é evidente que em cima de tal animal chegarás ainda mais rápido pois tudo o que acontece na imaginação e na cabeça é mais veloz do que o que sucede cá fora, só que o que sucede na cabeça não tem efeitos visíveis enquanto o que fazes cá fora tem e, de qualquer maneira, podes ficar com as causas, podes tomar banho nas causas e esquecer os efeitos, como se a tua vida não exigisse ações no exterior, mas apenas boas ideias, e na cabeça estás bem e protegido, pelo menos dominas os Efeitos do que pensas, ou pelo menos é isso que julgas uma vez de frente para um psicanalista que vem de longe e chega de cavalo às povoações mais escondidas; trata-se de um novo programa do governo que quer não apenas médicos físicos a invadir as pequenas aldeias e os pobres, não apenas operações cirúrgicas e medicamentos para a tremura das mãos, quer também — o bom do governo — ordenar a cabeça desorientada dos desgraçados e, por isso, manda psicanalistas a sítios inacessíveis às máquinas que só sabem andar em linha reta, nessas florestas todas tortas que se riem da forma de caminhar de um comboio ou até de um carro, a esses sítios inteligentes — porque também há sítios inteligentes e sítios parvos, mas a esses sítios inteligentes só os cavalos ou os burros podem chegar; a mais bela máquina pensada e esperta fica a meio do caminho, isto se for pelo solo, por cima já se sabe, há a melhor invenção do homem: o belo helicóptero, mas é a cavalo que chegam os psiquiatras à vila, uma vila de trezentos habitantes, escondida algures no meio da floresta: as casas fracas e todos praticamente da família, os irmãos dormiram com as irmãs e os filhos estão a crescer e têm os pais como referência e, nestes trezentos habitantes, devem existir pelo menos alguns que não regulam bem da cabeça, e por isso ali está o psiquiatra mal pago a descer do seu cavalo, e a dirigir-se à primeira das casas: a bater à porta com os dedos leves, primeiro, depois de forma mais rude, e alguém abre a porta, é um velho que tem um olho para cada lado, e um ar absolutamente biruta, e o psiquiatra não precisa de procurar mais, pede um martelo e alguém lhe passa o martelo para as mãos, ele diz que vai endireitar os olhos do velho, mas o velho não quer, diz que nasceu assim, e que vê bem, e o médico explica-lhe que o martelo não dói quando pensamos que o martelo faz bem; e claro que é absurdo endireitar os olhos de um velho com um martelo, não se endireitam elementos humanos do rosto com uma ferramenta destas tão bruta e, por outro lado, perguntam ao homem que veio de cavalo para endireitar a pequena vila de Manchu, por outro lado diga-me, senhor, vossa excelência não é psiquiatra?, que história é essa do martelo, nunca ouvimos falar de um psiquiatra que usa um martelo; mas o homem que veio de cavalo não escuta nada e insiste que quer endireitar os olhos do velho e, sim, ninguém contesta mais: argumentou, foi posto em causa, insistiu, e os trezentos, os duzentos e noventa nove, não continuam a batalha, não são faladores, utilizam muito pior as palavras do que por exemplo um machado ou um martelo, e se o homem que veio do centro diz que o melhor é utilizar o martelo para endireitar os olhos do velho da cidade, então que se avance na operação cirúrgica estranha em que o bisturi é substituído por um instrumento bem mais grosseiro; e dizem que o que aconteceu foi isto: o psiquiatra conseguiu endireitar os olhos do velho que, por milagre, da força violenta e das pancadas, saíram direitinhos, lado a lado como dois irmãos bem-comportados, mas diz quem depois passou pela vila de Manchu que tal operação, que tais pancadas, puseram em causa todo o solo firme, e a vila de Manchu tremeu por completo devido a um terramoto brutal que destruiu as casas uma a uma: um terramoto de grande intensidade mas que ocupou apenas o espaço minúsculo da vila, um terramoto em quinhentos metros quadrados, algo assim: um metro ao lado e ninguém sentiu nada, nenhuma árvore caiu, mas a vila de Manchu foi feita em pedaços, o que mostrou que eram os olhos tortos do velho que mantinham em ordem e equilíbrio a vila; e eis como se aprende com as vilas isoladas, eis o que se aprende quando se entra a fundo na floresta, quando se sai da cidade e quando se tenta aplicar as estratégias urbanas nos malucos que vivem isolados no meio da natureza. Não vale a pena trazeres a melhor das fés para oferecer aos não crentes, a melhor das medicinas para ofereceres aos doentes, o melhor dos ensinos para trazeres aos estúpidos e analfabetos, ali, naquele lado do mundo, as necessidades são outras, por exemplo, esta vila de Manchu precisava de um velho com os olhos tortos, precisava mesmo — e quem veio da cidade não respeitou isso

MALUCO AUTODIDATA
O MUNDO É FEITO DE CRUZES DE CRISTO

um maluco autodidata ficou maluco sem ajuda de ninguém, nenhum inimigo, nenhum amante, nenhuma escola de fazer malucos, fez-se a si próprio e orgulha-se disso; tem uma foto de um rosto e tenta encontrar nesse rosto várias cruzes de cristo, por exemplo, dois olhos, traço horizontal; depois, desde a testa ao queixo: traço vertical e temos uma cruz; depois cruzes, umas mais pequenas: nos olhos, por exemplo, em cada olho, um traço horizontal que atravessa os olhos até aos cantos, um traço vertical que começa na parte de cima, a parte branca do olho, e termina já na bochecha: o maluco faz cruzes num rosto e consegue descobrir dezenas de cruzes e é esse o seu ofício, quer diante da foto de alguém quer diante do mundo: encontrar cruzes em todo o lado, o mundo é feito de cruzes de cristo, os edifícios, o solo, mesmo os seres humanos, são as cruzes de cristo que estão ali escondidas a suportar todos os esqueletos e todos os edifícios e todos os objetos, uma mesa tem dezenas de cruzes de cristo ali escondidas e sem elas não haveria mesa, mas apenas informe e desconchavo e queda e nada. Como se todo o material que os olhos vêem fosse suportado por essas estacas pouco perceptíveis, as cruzes de cristo. É o seu ofício, explicar o que está verdadeiramente na base do mundo. Bom dia, adeus

Copyright © 2013 Gonçalo M. Tavares
Edição publicada mediante acordo com Literarische Agentur Mertin, Inh.
Nicole Witt, Frankfurt, Alemanha

Revisado segundo o Novo Acordo Ortográfico da Língua Portuguesa.
Nos casos de dupla grafia, foi mantida a original.

CONSELHO EDITORIAL
Eduardo Krause, Gustavo Faraon,
Luísa Zardo, Rodrigo Rosp e Samla Borges
PREPARAÇÃO E REVISÃO
Rodrigo Rosp
CAPA E PROJETO GRÁFICO
Luísa Zardo
FOTO DO AUTOR
Alfredo Cunha

**DADOS INTERNACIONAIS DE
CATALOGAÇÃO NA PUBLICAÇÃO (CIP)**

T231a Tavares, Gonçalo M.
Animalescos / Gonçalo M. Tavares.
— Porto Alegre : Dublinense, 2016.
128 p. ; 19 cm.

ISBN: 978-85-8318-077-7

1. Literatura Portuguesa. 2. Contos
Portugueses. I. Título.

CDD 869.39

Catalogação na fonte:
Ginamara de Oliveira Lima (CRB 10/1204)

Todos os direitos desta edição
reservados à Editora Dublinense Ltda.
Porto Alegre • RS
contato@dublinense.com.br

Descubra a sua próxima
leitura em nossa loja online

dublinense .COM.BR

Composto em MINION e impresso na PALLOTTI,
em IVORY COLD 90g/m², em OUTUBRO de 2022.